大师游记经典系列

欧游散记

王统照 著

中华工商联合出版社

欧游散记

王统照　著

中华工商联合出版社

图书在版编目（CIP）数据

欧游散记 / 王统照著. —北京：中华工商联合出版社，2019.10

ISBN 978-7-5158-2559-5

Ⅰ. ①欧… Ⅱ. ①王… Ⅲ. ①游记－作品集－中国－现代 Ⅳ. ①I266.4

中国版本图书馆 CIP 数据核字（2019）第 187444 号

欧游散记

作　　　者：	王统照
选题策划：	付德华　关山美
责任编辑：	楼燕青
封面设计：	北京聚佰艺文化传播有限公司
责任审读：	魏鸿鸣
责任印制：	迈致红
出版发行：	中华工商联合出版社有限责任公司
印　　　刷：	涞水建良印刷有限公司
版　　　次：	2021 年 5 月第 1 版
印　　　次：	2021 年 5 月第 1 次印刷
开　　　本：	880mm×1230mm　1/32
字　　　数：	160 千字
印　　　张：	7.625
书　　　号：	ISBN 978-7-5158-2559-5
定　　　价：	62.00 元

服务热线：010－58301130

销售热线：010－58302813

地址邮编：北京市西城区西环广场 A 座
　　　　　19－20 层，100044

http://www.chgslcbs.cn

E-mail：cicap1202@sina.com（营销中心）

E-mail：gslzbs@sina.com（总编室）

工商联版图书

版权所有　侵权必究

凡本社图书出现印装质量问题，请与印务部联系。

联系电话：010－58302915

目　录

旅　途

　　除掉几位一同由上海来的熟人之外，所有的旅客都是一样陌生的面孔。经过两天甲板上与吸烟室中的交谈后，各人的职业与远行的目的地多半都能明了。自从意大利邮船开辟了到上海的航路以来，中国向欧洲去的旅客搭较为迅速的意船比乘英法船的日见增加。这一次在同等舱中中国人便有三分之二：公费私费的学生，各省专派去调查实业教育的职员，商人，很热闹，每到晚上言笑不断，又是旅途上初遇，到遥远的地方去，自然有点亲密。

正是船抵香港的头一天，晚饭后，三三两两在闲谈着些不着边际的话。有几位是往南洋去的，一定在新加坡下船，很高兴地说："路程已经一半了，可是你们还早得很。"是的，即到新加坡还不过海程的三分之一，心里惦记着印度洋的风涛，又回念着国内的家庭，戚，友与各种事件，任是谁难免有茫然之感！

虽然船上的饮食颇为讲究，一想，早哩！常是那样的西餐便不禁有点怅然，但我在这两天里反感到心绪渐渐宁贴。因为这次的远行曾经挫折，虽是从年前就计划着，中间因为旅费与其他问题已决定不能成行，启行前的十几日，忽有机会可以去了，便重新办理一切：护照，行装，以及说不清的个人的事务。直到上船的那一晚上为止，身体与精神没曾得过一小时的安闲。虽是陌生的面孔，虽是远旅的初试，但一想这是暂时摆脱一切，去看看另一样的社会，反而觉得十分畅快。除了吃饭洗浴之外什么事情都不忙迫，比起未上船时的情形，劳，逸，躁，静，相差到无从比较。又幸而风浪不大，躺在椅子上对着白云，沧波，什么事都不多想。凡是旅客们大概都耐不住长时间的沉默，总欢喜彼此闲谈。灯光下各人找着谈话的对手，海阔天空地谈着种种事。当我从吸烟室穿过时，看见一个学生服装的瘦弱青年独自据了一张方桌，孤寂地坐着，不但没人同他说话，那张桌子的三面完全空着，并无一个人坐的与他靠近。在满屋高谈声中显见得他感着过度的寂寞！我便坐在他的对面，彼此招呼之后，我们便开始作第一次的谈话。

"哪里去？——南洋么？"我猜着问他。

"是，南洋，新加坡，先生往欧洲去？"

他的话不难懂，然而并不是说的官话，从语调中我想他是江苏的中部人。

"你是哪省人？……看年纪很轻，到新加坡有什么事？……"

他的微黑的脸上现出淡淡的苦笑来，"先生，不错，我才十八岁，家住在江苏的江阴。"

"啊，江阴，那不是与清江对岸的地方？"

"那是小县份。我去新加坡找我母舅，——他在那边的华侨中学里教书。"

他的言谈从容，态度沉静，虽然不免有一层阴郁的暗云罩在脸上，然而无论如何，能看得出他是一个受过好教育而无一点浮夸气的青年。

"那么，你去……"

"去，是他——我母舅写信叫我去的！因为我去年夏天在县里的初中毕业，再升学，不能，闲着又怎么了。家道呢，原是种田的人家，不过自从我父亲前些年死去之后，便把田地租与他家，——自己不种了，吃饭还能够维持，可是我母舅来信说：年轻，在乡间尽闲着也不是事，叫我去到他那里想法学点英文，好干小事情。"

"家里还有多少人口？"我对这么诚恳的青年便不客气地详细问起来。

"一个姐姐出了嫁，现在除了我就是我的祖母与我的母亲了！"他呆望着门外夜涛的眼睛中浮动着一片泪晕。

"啊！祖母，母亲，连你才三个人，真是太清寂的生活呀！……"我对答着他，即时也记起了自己在童年时代家庭中的情形。

"唉！她年纪快七十岁了……我祖母，自从先父死去，她越显得老了，不到一年头发便全变成白色。……我母亲也有病，幸而她才四十几岁。先生，我这次出来……"

他要说下去，或者觉得是有点兀突吧，便把话停下来，一只手抚摸着桌上的咖啡色的薄绒桌衣。

"我晓得，我也是自幼小时便没了父亲的人！不容易，想来你这次出门还是第一次！"

"头一次离开我的家乡，先生……不是有我母舅在那里，我母亲是不会放心我去的。我走时费了不少的事，凑到二百元钱……"

"幸是你家中还来得及。……"我虽然这么说着，可是正在想像中的绘出一幅这青年游子临行时与那两位孤苦的女人在门前泣别的图画。

"唉！现在什么都不容易换出钱来，米价又那么便宜……可是二百元到上船时便只余下不到六元了！……"

"江苏到上海路不远，做什么花费去？"我疑惑地问他。

他见我颇为关切，便把在上海时托人办护照花去一百数十元的事详细地对我说了。原来他是头一次到上海，又没有一个可靠的熟人，护照怎么办法，他毫无所知。不知如何转托人说是得往南京去办，于是那代办人的种种费用都有了：路费，衙门中的花销，吃饭，汽车……及至护照到手，这青年的学生却把由家乡带去的钱用去多半。这无疑是上海流氓的生意经之一。本来护照由上海市政府可办，何须一定往南京去；更哪里有如此高价的护照费。我听完后不禁再追问一句：

"那时你到环球学生会去托他们办也不致如此吃亏。"

"我不知道这个会，因为我对于那么大的上海是毫无所知呀。……"

他紧接着把眉头皱起，声音也低了好多，"以外便是旅馆费，买船票，做一身白色粗哔叽的学生服……好歹能够到新加坡吧。上船后……现在还剩下五元与几只角子。"

"过了香港再有两天便到了，船上不用花钱，你尽管放心！"我只得这么安慰他了。

"但是……明天一早到香港，我听沈先生说，可以发电报去，到南洋时有人接。我也记起来了，从上海走时并没给我母舅一封信，——其实写信也来不及，他不知道我哪天准到，坐什么船。先生，在上海我已经是什么不懂，外国人的地方——新加坡，如果我母舅不来接我，英国字我只认得几个，广东话讲不来，而且我母舅教书的学校是在新加坡市外的芙蓉，听说还得坐两点钟的火车。……这不是困难的事！我下了船一个人不认得，一句话弄不清，没有钱……所以我母舅不来接我，我真是一点法子也想不出来！……地址我这里有。据沈先生说，打一个电报去得合四元多的大洋，下船时又得给外国茶房几元，我愁得很，哪里想到！以为上船后便用不着什么钱了。"

“是不是要往巴达维亚去的沈先生？”

“是呀，我与他住在一个房舱里。”

沈先生是一位四十多岁的教育家，他曾在江苏与别省的中学有十几年以上的教学经验。这次也是由新加坡上岸转换往荷属南洋的华侨学校任职。从他的沉静的态度与恳挚的言谈上，我便知道他是个良好的教师。在头一天我同他谈过一小时，所以这位青年学生提到他我便知道了。

“出门的人钱是一时也不能缺少的，何况你这次的出门太不容易！……好吧，我上船时还有几块现洋，本来预备在香港或有用处，这一会我下去取来送你，可以够打电报的费用。都是为客的人，能够相助的，你也不必客气了。”

“先生！”他的眼睛里泛出感动的光彩来，“谢谢你！我什么不说了……请你给我一个地址。”

他从衣袋中掏出笔记本来要我写。

"不，我到欧洲去还没有一定的住址哩。"

他又要我把家中的地址给他，我写好，他把笔记本慎重地装入袋中，接着问我往欧洲去的目的，同行的人数等等话，无论如何，他现在觉着快慰得多了。

回到舱里取了一张五元的钞票，——这是我上船时除掉把钱兑换成汇票外的零余。——重到吸烟室中送与他，他诚恳地接了，只说："日后总得兑还先生！"

这时已经快十一点了，室中人渐渐散去，这位学生也回到他自己住的房间中与沈先生商量明天打电报的事。

与这位初次尝试到流浪于旅途上的青年谈过了"一夕话"之后，我在甲板上靠着船舷，静谧中引起我的回忆与想像。

谁没有一片真纯的爱子的心！何况是从幼年时

失去了父亲，为了期望这孤苦的孩子长大，饮食，提抱，当然费过那不幸母亲苦痛的心血。及至十几岁以后，便不能不为这青年人的将来打算，无论怎么说，在社会制度还没达到儿童公育与废除家庭的阶段，即使是一个愚笨不过的妇人也眼巴巴地望着她的孤儿能够成立。不必希望他是什么了不起的人物，"不要下流了，好好地做人"，她才觉得对得住自己的苦心。尤其是中国的家族制下被压迫的旧妇女，假使不幸死了丈夫只余下幼小的孩子，这"寡妇孤儿"的苦况不是经历过的人怕不容易想像。也因此，受着这样磨难的母亲对于孩子比一般处境安乐的妇女便大不相同。……

这缪姓学生的家庭状况，虽然他对我只是淡淡的述说几句，恰如读到真情流露的诗歌，我是能体味其中的苦趣的。她，——他的母亲，能以凑备旅途费打发这十八岁的孩子单个儿向南洋跑，情愿在乡间陪伴着那残年的老婆婆过苦难的日子。想想她给他装办行李时间的滋味；想想她在初黄的柳枝下送孩子第一次远行时的泪眼！她心里藏着些什么事？期望这孩子的将来，——那一点真纯的爱子心肠如何发遣？……现在呢，她大概在床上做着一个忆往的梦境吧？大概暗暗祝祷着她的孩子身子很健适，意兴很活泼地到了自己的兄弟的住处吧？

我替人设想着，同时记起我在幼年头一次出门时那一个下午的光景。

已经是二十几年前的事了，但我没曾忘过，而且每一次想起如同展开一幅色彩鲜明的绘画。自然，前若干日便有了出门的计划了，可是直到那一下午，我母亲并没与我说过几句关于出门的告语。那正是十月初旬的晴明的秋日，大院子中的日影从东边落下来，渐渐地只有不到三分之一的砖地上映着斜阳的明辉。一只花猫在门槛旁边，懒散地抬起前爪蘸着唾液洗自己的面孔。阶前的向日葵，——那碗大的黄花正迎风微动。我的祖母——她是子女都已过世的老妇人了，现在只看着我与三个姊妹在我的母亲的面前——吸着长烟管，正在与我母亲说话。我在廊檐底下走了几个来回，觉得像有些心事，知道今夜须早早动身，好赶距离七十里路的火车。关于应带的行李自己不知道收拾，母亲与一个老仆妇，还有一个女孩子，从昨天便给我预备好了。有人送我到那个大城中去，走路也用不到自己费心。但我缺少什么呢？想不出来，久已希望着到外边去的志愿已经达到，然而在这临行的头一天，幼稚的心中仿佛填上了不少的沉重东西！

　　捱了一会，踱到了屋子里，在光漆的方桌一侧站住，沉静地不说什么。她们看看我，把谈话中止了，旱烟的青圈浮在空中，迸散了一个再现出一个。还是坐在椅上的母亲慢慢地先说了：

"你的行李都已交与贵林了，他从前走过很多的路，错不了。到省城去，有什么事不懂的问你大哥。……"

原来我的堂兄那时正在省城的法政专门学校读书，还有几位同族的兄弟也在各学校里。

她停了一会，看看我，又说：

"你走了，你妹妹们还请先生教着她们上学，她们……小哩！……"

以后她不再说什么了，类如自己当心呀，天气不好穿脱衣服与饮食的注意呀，我母亲在我头一次远去的时候反而一字不提，就只是那几句慢慢说的话。

就只是那几句慢慢说的话！——对一个孤苦孩子头一次离开了自己说的话！……然而我那斑白头发的祖母已经把脸低向着雕花木格子的墙角了。……话再不能说下去，低头答应了一句：

"放心……我知道了！"

回忆起我比这个学生还小四五岁时自己头一次出门的况味……他更是孤单，从家乡中跑上往外国去的路，比起自己来又如何呢？

天空中星光闪闪，远送着这只轮船向天涯走去。深夜的暗涛载了许多人的希望与悒郁，随时默化于他们的心底……浮动于他们不同的幻梦之中！

第二天的下午，我在船面上的起重机边又遇到了那个缪姓的学生，他笑着说：

"沈先生上岸时把电报打了，还是他给我写的英文电报稿，没用到五元大洋。"

"这你可以放心了。"我也微笑着。

又过了两天，船抵新加坡时，我遇到他站在头等舱的客厅门外候着查验护照，交人头税，我被同行友人催促着便先上了岸。

以后在这只船上便没有了这个青年与那位中年

教师的影子。

又过了七八个月，我在伦敦接着一张附于家函里的信笺，上面写着：

××先生大鉴：径启者，前由舍亲缪某在旅次向阁下借银洋五元，今特交邮汇奉，至希查收为荷，并致谢意！专此即颂大安。徐某顿。

这信笺证明那个学生是安然地在他母舅那里了，我很高兴，希望再有一次能够遇到他！

华侨教育之一斑

　　走马看花式的观览，原是什么也认识不清的。从另一方面说，因为远客路过，受时间的限制，对于特殊情形注意力的集中，也许比本地人来得强。可惜这只康脱柔佛号的邮船因为赶着二十三天一定的旅程到达威尼斯，故经过各埠大都只有半日的停泊。除却上岸与须及时赶回之外，没有多少工夫。但机会在人间是多的，我经过的香港与新加坡两处总共不过在岸上十多小时，却对于华人教育稍知一二。

香港与新加坡（SingaPore）同为英人经营东方之根据地，但办法似微有不同。因为香港究竟是从中国人手里强要过去的，在那里对岸九龙有铁路可达广州，有轮船能通到广东福建及各处。凡是中国人，提到香港，谁也会想到它是广东的一个重要出口；但又一想，现在属英国了，便下不得转语！英国人在这里似乎故示宽大，例如中国人上岸用不到护照，中国的达官贵人可以时时来此作被保护者。而对于广东的资本家更尽怀柔操纵之能事，他们在这地方尽心尽意对付中国人，好永久握住英国货物进中国的枢纽，又可借此与别国竞争。至于新加坡可是另一种情形，虽说全埠六十万人口中华人竟占有五十万，然而除此外还有散处在各小岛的马来人，黑人，印度人，种族既很复杂，而文化的程度更不齐一。英人虽握有统治的全权，处理起来并非易事。据说新加坡是种族最复杂的地方，红，黄，棕，白，黑各种人皆有，言语歧异，风俗各别。英人要加强管理这些被管理者，煞费苦心，何况新埠是南洋要地，东去香港，西往哥仑布，交通便利；而港口弯入，岛屿环回，又是英海军的重要根据地。英人近年也感到日美海军的威力，曾开海军会议于此，足见除商业的竞争外，在此处，他们的处心积虑是另有所在。

单就华人的教育说，香港有久已著名的香港大学，誉之者以为足与英国本国的各大学媲美。实在他们每年花去二十余万镑，一共不过教授百数左右的学生，他们有什么目的？也许在英国文字的势力下养成几个科学者，能够为中国社会服务。但我想这怕是少数吧？

并非是我个人的臆测，有证明。听说香港私立小学有三百多间（这是广东人的叫法，由此"间"

字便可明白所谓小学就是私塾），英人办的亦有十余间。私立而接受英政府补助费者有一百余间。如此说来，香港一埠的华人学校不能算少。然而据我所见，所谓小学者多半在二三层楼之上，租屋数间，在空中挂一商店式之招牌，便称得起是一个小学。而英人所办及有津贴者，则以英汉文并读，私立的则专教汉文。头二种，就等于日本人在大连旅顺所设立的公学堂，而后一种完全是旧式私塾。他们何尝不以提倡教育自诩，同时还可以博得宽大为怀的美名。例如在船上我与一位曾居高丽二十一年的老牧师（他是德国人，年五十岁，离开德国二十一年，这次还是头一次回去。所以他知道德国的情形远不如他知道高丽情形的熟悉），谈起高丽的现状，他很诚笃地说：日本人近多少年在这殖民地中尽过心力，如教导高丽人识字，改良种田的方法，修治道路，与一切设施。难道这么办还有不是么？

及至问他是不是他们的学校一例用日文日语教授？牧师掠着长胡子微笑了："是的，这是个问题，与别国殖民地的学校一样——……—个样。……"一个样，各国殖民地的教育方法。

他们对华人的教育方法是印就一例的模型，到处照办。英人又何尝比他国人傻。香港的初等教育，并非例外。

至于香港英政府奖励私立学塾的办法，是每年分季派教育司署的官吏往各学校考试，择其成绩好的送入官立学校肄业，可以免费。而高中卒业时，亦选择成绩佳者送入香港大学学习。

新加坡的英国管教有的最高官吏，还是沿用前清的名称为"提学司"。这正如香港的司法高级官称为"臬司"是一样。属"提学司"下的有"视学官"，再下级的是"视学员"。每年也是分季赴各校视察。据说他们视察的主要目的在防备学校内是否有民族思想的传布。关于这类的书籍，即使在街上有卖的，也不准学校收藏。更不许以此教授学生。自从前岁所谓金文泰总督（他是以前的香港总督，香港的报上有时称之为金中丞的）到任以后，据说直截了当限国民党新加坡的支部于二十四小时以内解散，没有客气，一逾时限他可另有办法。由此一来，各华侨学校对于民族思想的书籍检查更严，有些学校将这类的书付之一炬，有的便收藏起来，不敢再在图书室中陈列。

一个有力的证明，试问沪上较大的书局在南洋卖的小学教科书，不是另有一种名叫做《南洋国语教科书》的？因为普通小学用的，到那里有许多文字不准教授。有些书局只好另编一种，以适应环境的需要。

新加坡的华侨教授办法与内地不同。我们曾在匆匆中参观过一个养正学校（在新加坡大门楼），与其校长相谈。据云：分中学与小学及成人教育三部，中学有一部是专仿英国中学的办法，以英语教授。至小学部由一年级起即有英语，每周四小时，除此外直至第六年级皆有每周六小时之英语。以所处地需要应用，故有此特殊情形。同年级之国语亦有每周十小时九小时之多。合计即在小学部每周功课占时间有三十九小时。至成人部则采单级教授法，每天约上二三小时，以备有职业及年长失学者，与不能入完全小学之较大儿童的学习。又有为不解国语之华侨所设之特别班。即用罗马字拼音法英语教中国文字说是较易于见效。

这所学校在新加坡有很悠久的历史，创始于清光绪三十一年，由广帮侨商设立。初名为广肇惠星洲养正学校。至民国八年，历经改革，学生由三班增至十六班，人数由百人增至五百余人，教室由三所增至十六所，不可谓没有进步。在外国人的势力下能够维持办去，比起内地人士创办学校自然较难，可是华侨的资力雄厚，故又比内地的私立学校容易发展。

学校的设备大致也算完全，如校园，学生商店，仪器标本室，图书室，运动场等，皆还相当完备。工艺室，音乐室，游戏室，美术室等亦各别分设。教者学者两俱利便。虽然是房舍较为陈旧，黑暗，然以每月二千余叻洋（叻洋即新加坡洋，一元约合国币三元）办此，亦值得相当称许。

因为这些学校的努力，现在居然有些华侨子弟能说国语，这实在是大可欣慰的事。广东福建两省言语的特殊，与内地人谈话格格不通，故华侨即能说英语，马来语，除却在侨居地有何大用，故在南洋一带国语的普及，实比任何事更为重要。

总之，不能说华侨不热心于教育，惟既受异族的种种压迫，而大家又容易自分派别，不易统一，便有许多问题发生。然以近年来世界经济之深度的恐慌，牵连到南洋华侨各种营业的失败，再加上殖民地主人翁之榨取（例如新埠的橡皮业之衰落即其一端），则华侨资本家的前途怕不易再有欧战前及欧战后数年的幸运了。因此，教育及其他公众事业也都受此影响。

虽然迥非前若干年可比，而每一只船从上海，香港开往南洋去，中国的谋生者还是一批一批地向那些炎热的地方走。英人，荷人，对于入口的华人有种种限制，而去者却并不见得减少许多。

到处都是一样，在香港，在新加坡，有蹲在街口擦皮鞋卖报的童子，有守着小香烟摊售烟的女孩子，所谓"教育平等"这句话，说来究竟有些勉强。

"拉荒"

连续了十多天的海上生活，难说不令人感觉烦闷。酷热的气候，一望无际的大洋，不停的电扇，吸烟室中的笑语，甲板上的留声机唱出单调的爵士音乐，这类情形偶然有几日尚觉不十分讨厌，不过长期航行在郁热的海面上，天天如此过活，即是有耐性的老人也要叹气。在船上读书，写字，果然可以自作消遣，我却不易办到，意大利邮船的二等经济舱在我们这样的旅客看来已够舒服了。有洁净的房间，宽大的餐厅，一天四顿丰富的饭食，饭后还有一小杯酽酽的黑咖啡。如果你愿意多花几个里拉①的话，吸烟室的小酒排间有汽水，果子汁类的冷饮，可以叫来享受。至于晚上有时听听意大利的名曲，与看看美国式的电影并不须分外花钱，——不是吗？这比住上海的中等旅馆合适得多，然而我最感到不快意的便是用笔的问题。

本来，海上生活不是预备人用分析与评判的脑力的，它是希望每个旅客吃的饱饱地，喝的醺醺地（侍役们第一高兴的事是你要他们的酒，这是他们的小买卖与大厨房毫无关系），谈天起劲，散步下力，再就是帆布篷底的大椅上软洋洋地一躺，似睡非睡，静候着吃午后茶的锣声。

看书当然可以，不见有些旅客神气十足地斜坐

---

①　里拉乃意大利的钱名，每个里拉约值中洋两角。

在甲板的躺椅上把书本当做消遣？他们多半是看小说，杂志，——当然有些学士一类的人在读着经济，法律，历史等书。我亲眼看见一个锡兰的黑学生天天攻读一本高等算理的教科书，又一位印度某大学的教授，细心校正他方出版的英文本《大战后的经济趋势》。这真是不易得的勤学之士。话说回来，也不过是好那一门的多看几页就是了。他们也不易极切实地用功，而且有时得大打呵欠，或望着海水发呆。

谁能容易脱却环境的引诱与包围呢？旅人们不管是有什么目的，离开了故国与亲戚，朋友，走上长途，说好听点是"乘风破浪"；其实谁的心是一块硬石头？不同的气候，不同的人群，水色不同的洋面，奇奇怪怪的各种言语，这已足够你感受的了，何况有泼剌惊跳的飞鱼，有呢喃轻飞的海燕，有热海上分外明的星星，月亮，清晨与黄昏后的霞光。如果你是个诗人，这自然界的情形准可给你添上不少的材料。每隔三天五天，有时须长至八天，才到一个码头，更换更换你的眼界。

这并非是寂寞的旅行，天天有新的希望与变化多趣的观感，然而也因为这全是动的生活，便不容易平静。你若是个书呆子，必要在船上"手不释卷"；考究你的天文，地理，或要精心研究什么政治，经济与哲理的大问题，包管你准得害脑子痛；准会使你饮食减少精神疲怠。……至少我个人是有这样的经验。再说到提笔写文，只可在清早起来瞅空，甲板上阳光还没有罩满，吸烟室中一两个侍役正在收拾桌椅的时候，你如有文思倒可写点片段的游记，日记，或信件。其他的时间最相宜于谈话吸烟，打扑克，听戏片子。毒热的午间，不管海上是怎样的平安，一阵阵的倦意袭来，直想躺着，什么事都不愿干。

长久的沉默，我没有那点耐性；想正经看书作文的念头早被南海中的热风与印度洋上的日光打扫净尽，找一点可以自觉舒畅的事做，除却在夜间看海上的星星，月亮，便是觅伴谈天。

谈天，像是随时可找到对手的，话可不能这么说。不说是在海上旅行，就是在平常时候谈天也不容易找到有意思的对手。我这里所谓谈天，不是开学术辩论会，也不是作"今日天气好，你从哪里来？……哈！……"那类应酬话。谈天是上下古今，无拘无束，还得要"有味儿"！"有味儿"，这三个字不好讲，有的人自以为学贯东西，识包中外，侃侃而谈，觉得有份道理，说句不合时宜的话，我就怕这一手，尤其是在这么闷气的海上生活中，我不愿意领教这类健谈的套数。

谈天，管它是什么题材：乡间的故事，奇异的风俗，蚂蚁吃大蜘蛛，打疯狗的惨剧。什么都可以谈，只要说的，听的，都感到"有味儿"，是非情理暂且不管。

一个人过着单调生活，真希望能有谈天的对手。可惜咱们的知识分子，不大有谈天的本领。千篇一律的学校生活，政治经济的一般评论，或是学理主义的模糊之影响谈，你与他们谈，不过几十句话，你可以明白那一套的范畴。我一点不敢说："人三句话不离本行"是偏狭，是囿于所习，其实我是包在这样的范畴中的一个。几乎除了自己所习，所略略懂得那一点的"学问"——就是大量地说"学问"吧——渣滓之外，从哪里能够找点"有味儿"的谈天资料。

并不稀奇，一个人为生活的力量与识域限定，更无好方法可以使他的谈话有多方的趣味，尤其是终天混在都会中的知识分子。

同等舱的西洋人中有天主教的神父，有娇娆的

「拉荒」

031

摩登女子，有在大英殖民地办事的小官员，有到南洋印度去的商人。中国人多是所谓知识分子，但自从由香港上来了九位老乡之后，因为言谈与地域的关系与他们容易接近，于是在难找"有味儿"的谈天对手的沉闷中我觉得十分快乐。

当我由香港的岸上回船之后，很惊奇地发现了同等舱中新添出九位"山东大汉"。每每人家提到这四个字，听的人心目中便立刻想到山东人是粗野，有气力，高个子，说起话来声音笨，甚至于喝烧刀，吃大葱，与江南人的伶巧，温柔，漂亮，秀气成了反比。于是演绎之后，便将"老戆"两个字送与他们了。不会错，这个诨号送与大多数的"山东大汉"倒也合适，而且无论在形体与性情两方，甚至于吃喝的嗜好上都对。但他们也有他们的"戆"的用处。……看他们的行李：柳条包，真正道地国货的小牛皮提箱，巨大的竹网篮，这不合于北平话"干吗呀?"如果是随了这条大邮船到欧洲去的,还用得到网篮一类的国货行装?他们的衣服呢,不错,也穿西装,——不甚合式的西装,种种颜色的领带,有的软领歪了,有的裤子上有一些折纹,粗劲的手指,不很文雅而有时是茫然的神情。几个大肚皮的西洋人不免多看几眼,中国的客人们当然也觉得奇异,应该是 deck passengers,怎么会跑到这舱里来?可是一点不差,人家有船票,有护照,那些白衣亮发的意大利侍者们也只得给他们安排一切。

天气热,在下层的舱中自然不能久待,所以当天晚上我同这几位新客人便有了初次谈话的机会。出人意外的是这群中的一位,近四十岁的,麻脸,厚唇,肩部微拱的大汉,在饭厅里与侍者头目说起俄国话来。

那个侍者头目很会几句英德的照应话,却没人料到也会罗宋①话，这位大汉别国话都不懂，但说起罗宋话来十分流利。这一来使满厅的中外男女都向他看，恰巧我坐的方桌上还有一个空位，于是他便来补缺。

以后，船是匆匆地经过新加坡，槟榔屿，哥仑坡，孟买，航行于阿拉伯海上了。在这十余日中，每当午饭与晚饭后，便是我与这几个大汉们谈天的时间。说是大汉，不过仅仅用来作为山东人的代名词而已，其实他们中的头目——老板，是一位五十多岁的黑须老头，身个儿比我还矮点，黑巴巴的脸膛，眼角与嘴角的皱纹，一层一叠如同山水画上的荷叶皴。说话老是一字一字地向外发。那点从容的气概，比起"温良恭让"的士大夫阶级中的"君子"还自然。另外一个是他的族孙，这个团体中的

---

① 罗宋二字乃上海一带人说俄罗斯的另一译音。

秘书先生，一切写信与动文墨事全归他担任。二十九岁，多年前的高小毕业生，很清瘦的面貌，薄嘴唇，与细长的眉毛，是最年轻最文雅的一个，比起他的族叔祖仅仅高有半头，除了这二位之外，其他的几位伙计可真当得起"大汉"而无愧，即讲膂力，我看只有船上的水手能够同他们来一手，至于乘客们，不怕连挺腰凸肚的西洋人算在内，也不全是他们的敌手。

恰巧我住的房舱与他们的两个房间极近，每当午睡后或就寝之前，我常常过去喝他们带的中国茶。茶叶自然带着，就是藤子茶壶囤也是从大网篮中取出来的；有时候他们自己向厨房里提开水，把清茶泡酽了，我每次喝便尽两大玻璃杯，比起那饭后的黑咖啡与冷饮来实在够味！因此，我才明白带网篮的好处。因为人多，他们从香港携来不少的水果，一例地让我吃。你们想：在那二十六七天的航行中遇到这些朴厚，勇敢，勤劳而且有趣的老乡，我一道上真减少了许多愁烦。

谈起来，他们与我的故乡还是相距不远的邻县。他们不但是同县而且多住在一个屯①里，不只多在一个屯里，又多是同姓，同族，惟有一位王姓，一位刘姓是例外。他们去的地方是荷兰的亚姆司脱丹。去的目的要往那边去推销山东茧绸与烟台女工手制的花边及桌布一类土产品。荷兰，他们都没曾去过，文字，言语亦不懂，——虽然他们的每一位都到过很远的地方，每一位都会说一两种外国的应用话。惟有往这陌生的地方去还是第一次。不错，由烟台领的护照，在香港找各国的领事签了字，还有通济隆的介绍信，但在船上，他们不懂英德的言文，以及到意大利上岸后的行程，怎样坐车

　　① 东北方有些小乡村叫做什么屯，屯的意思是从当年屯戍——军队驻防而起的。

换车与行李的运输，都十分茫然。他们单凭了以前在日本，在南洋，在南美洲，在革命前的俄罗斯的行商经验；凭了他们团结在一起的热心；——总之，是凭着他们的勇气与冒险的精神，便走上了往欧洲大陆的旅程。

没有人招呼，没有人引导，更没有西洋商人的知识。"闯去，怕什么！咱们哪个没走路碰回钉子，没吃过苦头？有的还是从死里逃生，无非是不会说那英国话罢了，谁管这一回事！……先生，出惯了门，在屯里呆上两年不知怎的不受用。不差，有耕地地里也还打得出粮米，安安稳稳，这乡下日子咱们还不至于饿死。谁晓得是什么脾气？老想着向外跑，只要组织起来东伙来，哪怕走到天边，不缩头，不管远不远，更想不到那些困难！……"这是他们坚决的壮语。

这群中的老头领与青年的秘书对我常说这一类

话，别位呢，有时也少少谈到。看他们的态度老是很平淡地，绝不在乎，也不计较什么。与同舱其他的中国客人们相比，这自然是另一群了。

只有两位的年纪约四十七八岁，别人，平均年龄不过三十左右。

以前他们所到的地方，日本，新加坡，荷属东印度群岛，算是最近的，有两位曾去过南美洲——阿根廷，有六七位都在俄罗斯住过几年；虽当俄国革命以后，他们还在那种情势下努力挣扎着。有人则直等到中俄打完仗后方重回故乡。知道在那个国度里不容易再干他们的老交易，才另打主意，开辟他们的新路线。他们的头领在俄国革命前曾住过八年，就是那位青年秘书从十六岁去找他的父亲，也有四年以上的俄国生活的经验。

晚饭后，一天的烦热减轻了。坐在甲板的躺椅上，一面听着船侧的波浪，一面同他们闲谈，往往到半夜后方回舱睡觉。他们的热情与勤奋，他们的冒险与苦楚的遭遇，比读有趣的小说还动人，自然，他们是为了自己的利益而抛弃了一切去寻求运命，抱了北方人"下关东"一样的决心，情愿到生疏辽远的外国地方找罪受。为利，一点也不错，但这样勇敢辛勤的小商人，能打开多少难关，等于手提，肩负，在那些关税高重情形陌生的帝国主义者的领土中挣回一份血汗钱来，我们的官吏，学生，考察者，游历家，很随意地往外国去，比较之下难易如何呢！

那位青年的秘书先生尤其同我说得来，他常常述说他自己不能继续读书的惭愧，又对我是那样的客气，"像你们懂得外国的事情比我们多，又能知道人家的文字，什么事情不明白。我何尝不想多念书，可是做的这行生意便没法子。……"

"你以为多念两本书便有用吗？"

"哈哈，那还用说。像你们……做事容易，又明白道理。"

显然，他所谓做事是说的干差事，做官。我淡淡地笑道：

"你知道多念两本书的人的苦处？"

"苦处？……先生，你会说笑话吧。讲起苦来，我真受过，当时倒不觉怎么样。……"

接着他告诉我他离俄国时偷过边境的危险的故事。

在某一个人生的定型中，他的思想与行为便处处受了他自己的意识支配，这是谁也不能避免的。像我们这位体格瘦小而富有硬性的青年，那时候，他不过是一个二十岁的大孩子，在那个国度里，逢着那种希有的变局，却能历尽苦辛从西伯利亚的险地偷跑回国内来。无论如何，那点勇气是值得赞美的。固然，他自幼小时受的教育，以及环境的关系，与有新知识的青年不同。然而凭他那份勤劳，勇气，什么难关他也可打得过。

他说：

"我们这一群中年纪大些的有的是在俄国革命前去过。有的是从俄国革命的纷乱中逃回来。我呢，你猜……倒数上去十三年，我十六岁，方从小学出来，便随着一个乡下亲戚到莫斯科去。算一算看，那不就是老毛子①的穷党已经得势了的时候吗？"

"对"，我问他："怎么那个时候去？也做买卖？"

"你不知道，我父亲住在莫斯科多年了，开一个小店铺，生意比以前差得多，可是穷党还许中国人做小买卖。家里人挂念他，他也没法回来，那里

---

① 山东人呼俄国人为老毛子。

人手少，我便不顾一切，凑了一份盘费同别人去。一句俄国话不会说，幸亏同去的那位以前是去过的。……就这样，一住四年，我父亲看我与老毛子混的熟了，话讲得来，得了一个机会他先回国。我呢，年轻什么不顾虑，买卖也能有点好处，便与一位伙计住下去，想在那继续我父亲的事业。其实只知道老毛子改革得和以前全反了，说是共产，别的都不懂。好在像我家那点小生意，人家还准许。……我只知道同他们的小商人，干活的人有来往，也听点穷党革命的新闻，至于他们的法律与对一切的计划，先生，你想我哪里来的工夫去作详细的研究。"

"就这么过下去，不瞒你说，那时也有一位老毛子的姑娘同我要好，人心是一样的热，我不亏待她，她也有心同我回中国来，可是没想到的事——为了中东路，奉天的军队与老毛子干起来了。"

"这一来像我们这般中国的小商人与工人都不好办了，直截地说，加入穷党的自有人家的办法，我们便被老毛子下了大狱。本来很对，东三省不是拘了好多的穷党吗？两国既然抓破脸，没别的可说。……"

"那么你在狱里过了多少日子？"我看这位秘书先生在灯光下谈起往事来，脸上分外显得光亮，便知道他是何等的激动了。

"惭愧！我幸而没给他们押了去。……不可缺的是朋友，外国人好心眼的并不少。就在那一个月里……那一天，恰好是礼拜五的晚上。穷党就预备这一夜里拿人。中国的，像咱这些老实人，以前只晓得中俄打起来，火车不通。走？走得了！中国使馆里大人们早早跑了，谁也不知主何吉凶，听天吧！就这么混下去，幸而有个做工的老毛子给我打了一个电话，嘱咐我风声不好，这夜里到他住的地方去。……好不容易，居然藏了若干日子。店铺不用说被他们查过了，许多许多的中国人押在狱里，直到《伯力和约》定了才能自由出来。货物早完了，什么买卖也不想做了，混了几年，剩下了将近一千元的美金。……俄国钱一出他们的国境便是废纸，好容易偷换成美金，想带回家乡。……先生，那时我不回家又怎么办！嗳！没法子，那位年轻的俄国姑娘我对不起她！就是一个人往外走已经吃尽苦头了。"

"不错，当时从德国使馆里弄到一张护照（那时中国是托德国使馆代理华侨事务的），这不过证明是中国人罢了，可以在老毛子的国里走走，想出他们的国境却没效力。而且一个钱带不出来，即使能离开俄国，向哪里去讨饭？住在莫斯科又怎么办？……"

"后来我同那一位曾押过大狱的伙友，还有别的几个中国人，借护照的力量，好歹到了海参崴。自然先吃过一些苦头，可是再往前走便是难关，车票买不出来，检查又十分严密，到了绝地，我们便不能不去'拉荒'!"

我头一次听见这个名词，"怎么是'拉荒'?"我着急地问。

"这是在那边很通行的一句中国话，意思是偷过中俄的边境。从海参崴出来要走上三天，——三天就是三夜，因为白天是一步也不敢动的。都是一层层的高山，峻岭，粗大的树木，比人身还高的莽草，尽是走那样的道，简直看不见人迹，所以叫做'拉荒'。——偷过荒山——回想起来，真是凭着性命去冲。被放哨的毛子兵瞧见，枪子便立刻打来。但是与其困在海参崴想不出更好的方法，只有出此一途了。"

"不是中国人大胆，还有比中国人更大胆的高丽人专在海参崴干这行交易。他们都是偷关漏税的好手，对于这一带山路十分熟悉，有没法回去的中国苦力想'拉荒'得雇他们作引路人，六十块中国钱一个人，自带干粮，出了岔子都得认命。"

"就是这样，我们一起十一个从莫斯科逃来的中国人便随着一个高丽人在黄昏的月下爬山。正当九月的天气，北边的冷度真够劲，没落雪，然而夜间走起来身体冻得直哆嗦。好在每个人把心提起，只望着安安稳稳到山下的河那岸便是中国界。白天在深山的石洞或几十棵大树后面的草丛里藏身。嚼着带的黑列薄①，喝几口涧中流水，望着惨黄的太阳发呆。"

"你想哪一个'拉荒'的人不在外头多少年？不是在那里想不出生活的法子来，谁肯走这条险

---

① 列薄是俄国面包的叫法。

路！我那时什么东西都没了，只有身上披的一件破烂的粗呢大氅，所有的身分①便缝在这件破衣的里面。几十张美金帖子，全是在毛子国里四年辛苦挣得来的。"

他说到这时，两只眼睛中仿佛有点湿润，我想：他回忆以前的经过一定心酸！我静静地听去，不好掺入什么话，像看一出悲剧，提起精神正要看到一个"顶点"。吸烟室中恰好有一位犹太的年轻姑娘弹批霞哪，音调中那样的幽沉。月光荡着银辉在平静的海面上晃动，航机轧轧地响着前进的节奏。几个外国人在甲板的一角上也谈得很起劲。这位秘书先生中止了谈话，吸过半支香烟，才从沉默中又说起"拉荒"的故事。

"荒，一丝儿不差。"那一带的大山如果不是有

———————————

① 身分在这里当作财产讲。

引路人准不会找出路来，什么路？还不是崎岖高下的尖石堆成的鸟道，又不止一条，刚刚借着月光辨清脚步的暗夜，东西南北是不能明白的。转一个山头又一个山头，有时在深邃弯曲的涧道中按步挨去，一不当心会被尖削的石块绊倒。一阵风吹过来，树枝子与落叶一齐响，衣服拂着高草更容易听见动静。各人口里都像衔了一枚核桃，只听到前面走的人喘气的粗声。……在那时候，如果用手在大家的胸口上试试，准保都一样突突地跳。分外吃惊的是野兽的嗥叫，猛虎，也许是野狼，野猪，从上面或山底下发出凄惨的叫声。即时我觉得一阵冷颤，汗毛都像直触着贴身的里衣。月光下看不分明，远山顶上独立看一棵白桦，便误认为是老毛子防守边境的步哨。

"一个黑夜过去了，第二天在温暖的阳光下躺着休息。明明是十分疲倦，可睡不宁贴。我们全得听从引路人的指挥，用俄国话与中国话同那个老当镇定的高丽人问东问西，但是无论如何他不许我们这一群白天在山里的小道上出现。"

"第二夜又是这么模模糊糊过去了，照样是白天躺在草里。虽然还没出山，可知道第三夜不等天亮过一条小河，脚踏着河那面的土，便逃出老毛子的国境。然而这段路最险，直到跑下高山的陡坡，在草地中要走两个钟头。都是平地，河岸上的马巡来往不断，不比在有隐蔽的深山里容易躲闪。"

"横下了一条整个的心！大家一齐这样想，谁不望着自己的国土觉得亲热。明知道即使到得那岸还隔着家乡有几千里远，但是比起在这荒山里偷生，那就是另一个世界。"

"然而就在这第三夜的夜半后出了岔子！"

"啊！"我正听得出神，却不意地来一声惊叹。

"到底是逃不过他们步哨的夜眼！"他的声音略

略放低了，"也怪自己人，路近了，已受过两夜的苦，及至出了这片荒山钻在草地里走，论理不用心急，横竖不用天明准到对岸。一条平平的浅浅的沙河，从草丛中翘起脚来可以看见了，可是谁都想赶快越过这个危险的地带。在劲风吹拂的草里弯着身子向前小跑，不止是一个人。又是连串着走。在静静的夜中，衣服与草叶，草秆相触，还没有一点异样的声响？那些久在河岸上巡逻的马兵很明白这类勾当，他们的耳朵也格外灵敏。……记得清楚：那时的月亮已西斜了，几颗大星在我们这群难人的顶上闪闪有光，偶尔向来路望去，阴沉沉的找不到边际的高山，如同一列大屏风，天然限隔这两个大国的边境。我恰巧在这一行的中间，压紧了呼吸，不管有粗毛的草叶在头面上拂着，尽力钻走。"

"半空中飞过去一粒子弹，这是叫我们立住不动，静待马巡追来的暗示，你想在那样的情形下谁也不能管谁，每个人的感官异常灵敏，尽有火弹的阻力也挡不住他们向前去的勇气。何况事情已被发觉，又看着那浅流的河界就在不远的前面呢。于是大家便不钻伏在草莽里面，迅速地向前跑，也不能挨着次序成一个行列。生命与危惧鼓起我们最后的挣扎力，即时便跑远了。而同时从侧面，后面追逼的枪弹也不向着空中施威了，向下打，打打打，高加索快马的响铃在我身后追来。"

"我跑在同伙们的后面，已隔得远了，而几十只马蹄也冲入草丛，子弹横飞，我不能走了，向深草里钻进去，躺下，把身体付与不可知的命运。"

"冷，饿，困与恐怖，这时包围了我的全身，电棒子从马上照耀着，年壮的老毛子兵来回在草里搜索……多深的茂草，在这一片荒野里如北方的夏季的高粱科①，找到一个人的藏身处并非容易。然而与我同行的刘伙计因为腿上受了伤走不动，被他们捉到了。距离我伏的地方不过有一丈多远，我听见他挨了打的叫声，与他们用皮带把他捆缚在马上时胜利的欢语。"

"他们捉到一个俘囚便回去了，没再追索。我困极了，也许是吓的精神乱了，躺在草里便昏过去。及至醒来，看看月亮快落下去，四无声响，知道同行的人们找不到了，河口，在这快天明的时候也不容易找路通过去。身上呢，那件内缝着金元票的破外衣早已丢了，一定是急促的逃跑中脱掉的。不过这时我对于金钱倒绝不在意。自己的性命还说不上怎么样呢！……若被捉去，又得住几个月的监狱。经过寻思之后，不能在这里久伏，只有踏着他

---

① 高粱科即是夏季的秫秫长高了容易藏人。

们走过的丛草向前去。然而愈走愈坏，后来已经走到另一条路上，在曙光将放的时候，又爬入一个荒山的深谷。在冰冷的石面上拖着脚找路……啊！这难以忘记的一天！阴云腾起，尖风刮在脸上添上一层霜气，一件单薄的里衣哪里能抗得住，更使我绝望的是转了多半天找不到哪条路径可以转到河岸去。坐在大石上看看脚底下的皮鞋已将鞋尖穿破几个窟窿，抖抖地打着寒噤，一点力气都没了。忽然听得山顶上野兽的咆哮，引起我求死的欲望，我一个失路的'拉荒'人找不到出山的道路。身上的列薄早已吃净，与其被人家捉回去活受罪，不如葬在野兽的腹中。……然而一转念间想到家中的老人，想到一切，马上便想不如自己投到大狱里，无论如何，还有再出来的一日！"

"其实这不是同一的妄想。向前去找不清路径，在这片群山中又向哪里找回去的路呢？……正在毫无主意，忽听山坡上有人低叫，一个中国人，他飞跑下来，啊！原来也是夜来同行的失路者，太巧了！我同他抱着大哭，那时的心景即使再被老毛子捉去也还甘心。"

"有了同伴便添上勇气，还是转着想找路出山，围着山尖走了一段，真是巧啊，又遇到两个中国木工，各人背了斧、锯，像是上山砍树。彼此问起来，知道他二位是河间府人。向来是做木活，住在十里多的小屯子里。原来那个高丽人与别的同伙们早已过河住在他们那边，却派了这两个人来到山中找失路的我们。"

"他们对路径比高丽人还熟悉，不到一个小时很平安地越过边界，到了那荒凉的小屯里与大家相见。……就是那顿午饭，我吃了三大碗的煮小米。"

"以后我们走早道到东宁县，方雇上车辆往滨江，在我的叔叔家住下。等待了四个多月，被捉的刘伙计从大狱中放出，他再'拉荒'偷过来，我们聚在一起，才得重回故乡。……"

这个故事说完之后，吸烟室的琴声早已停止，只有三五个男子据着一张桌子喝啤酒，青年的秘书先生他并不觉得有什么了不得的感伤，不过时时叹几口气。

我望着腾起一片银雾的水面说不出别的话，只是问道："经过这一次的冒险与苦楚，你还是很高兴地向外跑吗？"

"回去算呆①了两年，我祖父——他七十多岁了，他成心不愿我再出门，我父亲，叔叔倒不关心，我还是觉得跑路有意思。先生，你明白吧，我不是专说为的挣钱！所以我们的老板领了这小小的东本之后，从烟台，我又随着走上这条路。"

———————————

① 呆即无事闲住之意。

这是我同大汉们谈天的一段，在那热风横吹的海船上，他所给我的不止是有深沉的趣味，也不止是觉得新奇可喜，从他的经历中却使我明白了所谓"老戆"们的勇敢与精神。他们有他们自己的一种人生观，去向辽远的地方寻求命运。

像这一类的"谈天"打退了我在船上的单调生活。

有时间我还可以另记一段，因为后来在亚姆司脱丹我又重行遇到这几位姓魏的先生们。

三位黑衣僧

　　同等舱的旅客中最使我注意的有三位黑衣僧。从上海启行时，那位高个大胖子意大利籍的教士我已经同他谈过一回，到香港时又上来二位，一高一矮；而且一位是七十多岁的德国老头，一位是不到四十岁的匈牙利的壮男子。

　　他们的服装，举动在同等舱中自成一派。他们不好与别的客人联合，而那些商人、学士、专员身分的旅客也同这三位合不在一起。每天清晨与晚饭后船面上散步，谈话时，他们常聚在一处，而从香港上来的两位尤为接近。

因为那位意大利教士在河北住过八年，中国话说得不错，一时引起了我的好奇心。由他便认识了那位德国的小老头。于是在不是属于教派的旅客中我同他们扯谈的时候不少。这位德国小老头的名字叫做亥买耳（T. C. Hiemer）。在高丽传教二十一年，这是他头一次返回他的故国，他对于欧洲情形生疏得很，欧洲大战的惨酷与战后的种种变动一切都与他无关。在高丽的一个小县城中他过着如同隐士般的生活，除却照例劝教，宣传福音，祈祷天主之外，他倒是毫无罣碍。在这三位黑衣僧中间他是最有意思，而且性情最好的一位，身个很矮，比我还低半头，头颅与眼鼻都小，长细的下胡愈显出满脸的神秘气。一只烟斗不离嘴边，没有事便在船面上看海，轻易不向藤椅上平直地躺下。一举一动都带着庄严的表示。二十多年的神秘生活把他的精神全凝固于另一个世界之中。许多传教士从欧洲远来东方，自然有大多数的人是为了生活，可是教育与环境也能把一小部分的教士变成了"殉教者"。人间的幸福：他们摒弃了妻、子、财物的慕恋，打开了荣华、名利的关隘，以"天主"为依归，以白热的心情作教义的传布。虽然我们对于宗教只管有种种不同的见解，对于这迷信神权不重人治的思想不能赞同，然而一个人具有那样的精神却也不能不令人想到"神道设教"的用意。

我与这位德国小老头格外相熟还另有一种关系，因在船上很有闲工夫，我商得他的同意，每天午后请他教我德文一点钟的学习，是在午茶之后，我到他住的房舱中去，难得那么热的天气他却不烦不厌地教我。他的英语能以达意，但他每天早上还从那位匈牙利的教士学英文。匈牙利教士在香港一个教会中学教英文，话说得很流利，德语也讲得好。加上意大利人，他们住在一个房间里，这是船上的特别办法，知道这些神父们另有他们的习惯与诸种仪式，所以不与别人同房。

每天亥买耳除却教课之外总与我谈上一小时。天空，海阔，什么事都说，因此我也得到许多自己不知道的事。本来船上的生活容易感到烦闷，他们不看纸牌，不弄种种玩意，不游泳，不跳舞，不是更为干枯么？然而读书以外他们却有他们的忙碌：一天至少有两次在屋子中作祈祷，每逢礼拜几还合起各等舱的教士们作大弥撒，余外的时间是散步、吸烟、谈天、看报。

一般船客，似有一样心理都不大高兴同他们交谈。本来无足奇异，西洋人中——除却几个印度，锡兰的商人，学生之外，——有几位是各国殖民地的小官吏，还有三四个奇装异服的女子，——有时披着肥大的印花绸大衣，有时上身只穿胸衣，下边是肥管的花绸大裤。这些人神气自然不同，教士们也看不上眼。有了孩子的父母更与他们合不在一处。中国人另是一派，所以这三位黑衣僧很显然地自成一个小团体。因为意大利神父英德话都不大懂，从香港来的二位又不会中国话，虽然拉丁文可以通达他们的意思，终不十分便利。往往德国的小老头与高个的匈牙利人倚着船舷低声谈话，意大利的一位便来回在甲板上走步。

据我的观察，他们老是过着那么单调的生活，日子久了把他们的精神也完全另纳于一种人生的范畴之中。所以凡是多年的教士无论他们是真纯的信仰者或是虚伪的教徒，如果过那样的生活久了，总有他们的心理变态。其言谈，行动与一般人迥乎不同。有人说：中国的尼姑，外国的姑奶奶们（在天主教之 Sisters，中国教徒以此俗名称之），都有她们的特性，女子如此，男子也不能例外。我们读中世纪关于教会中的僧侣的故事可找到许多证据。一个人尽着在一种迷信，神秘的岁月里混去，把原来的一切人生应有的欲望被某种强力抑压下去；硬把他的灵魂嵌于某种的定型之中，自易造成特殊的性格，冷静与热烈，残酷与和善，皆能随了他自己的个性发展出来。这与老处女或终身的单身汉事同一例，加以宗教力的逼迫与诱发，便变成另一样的人生了。

不止是关于性一方的强制，其他事亦可由此类推。宗教中不乏令人惊异的牺牲行动与反常的事件，自然，由于感情的激动，也许可以撇开平常的是非，而使一个人有不自主的大力去敢作敢为，根本上须有坚固的信仰力。世界上重大的事件，能够聚合着不可抵御的力量，作出平凡人在素常日子里不能干的事情，其间不可少的便是"信力"。没有这点东西是不会有成的。只是坚持地信仰，它能改变一个人的精神与提起另一样的企图，另一样的热情，向另一个世界投入，因之便把一个平常的人生观念也完全变更了。信力不止限于宗教，然而宗教在人类过去的历史中具有伟大的与难解的魔力者亦在此点。

　　我遇到的这三位神父从他们的个性看来，给我一个很好的推证。人终不是什么不可理解的东西，某种意识总能支配他的生活，社会中的阶层——广义的说法——不是一时容易消灭的，真的譬如染丝"染苍则苍，染黄则黄"，因有所染方能成"采"；因所受的不同遂区分出无穷的人间味。这是现在无可奈何的分别。除非是将一切的不平都消灭了去。或者是到一切毫无差别的世界。

　　意籍神父的高傲，匈牙利人的孤僻，与德国小老头的和气，笃实，这是足以表现出他们的个性的。然而除却那特有的个性之外，他们受思想与环境的迫促，却也有他们的相同之点。

我常想：宗教生活使人容易有极端的出入，说一句浅近的话就是能救人亦能杀人，能使人十分冷静也能使人热情激发，因此一般常过着严肃规律的宗教生活的人，其性情，行为，必与普通人不一样。"槁木死灰"是一例；"恍惚有象"是一例；"救苦救难"又是一例；"在血中受洗"即认为与耶稣为一体，饮葡萄汁，吃面包即以为能入"圣道"；或是遁居沙漠中以祷告度日，或是用铁链自缚那样的苦修。然而在相反的一方；正是"一手持剑一手持经"的宣传；借口"三位一体"与崇拜"救世主"的标语争夺政权，滥行威暴；或为军国势力作先锋，造成自己人的特别社会层。……许多事实不胜枚举，世间的一切事，利与害总是相对地存在。人性绝不像空想家想的那么简单，宗教在过去的历史中占有最重要的地位，其关系所在不是几句话可说得清。因为遇到这三位黑衣僧，我便常常想到这些问题。

说是黑衣僧，但自经过南洋时他们黑色的瘦袖宽摆的大衣也脱下了。意大利神父完全中装，白布的小衫裤，与白布大褂，白袜，青鞋，真是道地乡下人的打扮。他曾笑着对我说："你看，你们穿西洋人的衣服，我是西洋人却穿中国衣服。"这是有趣的对照，我与他便只好"相视而笑"，说不出什么理由来。

我因为一到欧洲便须先踏上意大利的国土，所以偶有与这位神父谈话的机会，便问问意大利的名胜，风景，他总是说：

"体面得多啦！……体面！比中国好看的地方还体面！……"

后来我游过威尼市，罗马，艺术之城的拂劳伦司，我知道这位教士并不是徒自对外国人说谎话。建筑，雕刻的伟大与美丽，够得上"体面"二字的夸语。

他住在中国北方多年，一切的民间情形他知道的很多。他也很了解中国新青年对于宗教的态度，所以他与同等舱里的中国往欧洲去的青年与中年人都不接近。关于宗教的话更是一句不谈。我偶尔问起他在那边传教的情形，他只是约略答复。他完全明白与所谓新知识分子宣传教义是毫无希望的事。他的活动须到中国的乡村中去。他的生像完全是理想的教士型：绕腮胡，广颡，深目，冷淡的表情，沉默，一本《圣经》老是在他的肥大的右手之中。

从语气里露出他这次回去不十分情愿．因为他的上一层教会管辖者调他回国。或将另派他到别地方去。他略有点踌躇，他是高兴重回到易县，涞源各小地方，利用他的中国话使许多人皈依天主。除却这几句话之外，关于教会中的他事他不愿多谈。

常常是在餐厅中，甲板上遇到，日子多了，我与这位颇见高傲的神父便不能再说什么。

匈牙利人的模样确有一部分像蒙古人，黑黑的肤色，健壮的身体，棕黑色的眼珠，圆下颏，无论是他自己在散步与读书，时时有避人般的举动。虽是极为闷热的气候，上午或下午，在甲板下的稠人之中总找不到他。我有点好奇，便由上层到下层各处转，有时遇到他，大约他总找一个角落，——人最少或者那一时没人去的地方，他坐在椅上看书，有人去或是人渐渐地多了，他准得离开。一路上他没曾脱过那件圆领的单青袍，没穿过短衣，可他没戴过一回帽子。每逢有月亮的晚上，银光涌漾，众星在空中分外明丽，那正是旅客们各自寻乐或眺望的良时，匈牙利人往往约着德国的小老头在上层甲板的船舷边，或是在船头的绳索中间低声密谈，而意大利神父向来少加入，也许是由于言语隔阂的关系？

　　不过我最不赞同的是这位匈牙利人的孤僻，甚至是隐秘似的态度。高傲，不愿与人说话，都是个人的自由，但是这位教士先生有时候确令人不很满意。一天午后，在往吸烟室的楼梯上口遇到他，他忽然很殷勤地招呼我往上层甲板去。问我一种算学上算账用的英文简写，我说："真对不起！我也不知道如何写法。船上有英国人，也有经营商业的别国人，你可去问他们。"

　　他不肯去，反而请我代他去找人问，我想这真是怪事，也许他与那几个人一句话未曾交谈？我以为这并不是难事，也不是可耻的请问，我与一位波兰商人认识，他许知道？其结果我竟然替他问了，完全告诉他，他方照例地满口称谢，但是以后见面又不多说话了。求人时的态度与平日的冷淡不是很好的对比？他与意大利人的大方不同，意大利人即使坐在稠人之中一样读《圣经》，吸雪茄烟，仰首看天，行所无事。而这匈牙利的教士却居心要躲开人群，居心不看指甲上染着蔻丹的女子们，居心逃避留声机的歌曲，这又何苦呢！

一副圆大的黑眼镜常常架在鼻梁上面，也许他患着深度的近视。恕我说句对不起的话，每看到他的黑眼镜与黑僧衣，使我奇异地联想到曾经看过的一张什么《科学怪人》影片中的僵尸复活。——但，这不是恶意的联想。

使我在他们三位中最感到深沉的还是德国的小老头。他静默，却没一点高傲，也不孤僻。更不是居心要保持着什么态度去隐蔽自己与对付别人。如果说是对于宗教的"道"有点相当修养与认识的话，这老人是很够格的，他勤于用功，每天学深一点的英文。他愿意多知道事理与学问，每逢教一小时的德语之后，便问我中国的情形，孔子的思想，以及宗教在中国历史上的影响与效果。他也把在高丽小县城中的经历告我。他脸上老是那么平静，不躁，不傲，也没有一点虚伪做作的表示。对于一切，他没有什么思虑也没有奢望。人生的精炼与幽暗地教会生活的陶冶，把他由少年引到老年，也把他变成一个典型的天主教徒。自然是"火候纯青"了，如唱旧戏的角色，熟练得日久了不需装扮，忸怩，也没有自己是戏剧中的一个角色的想法。宗教中人能到此地步已非易易了。记得圣陶见所作的《法味》文中似乎与我有同一的见解。的确，一个人能以"干什么像什么"，这是一种起码的人生态度。世间的混乱多半由此起始，连"干什么像什么"都不能，那便是人人以假面具互相欺骗，互相播弄，于是世间遂没有认真的与可以认真的事情。

亥买耳先生用他的平静的眼光看这个世界，他没有愤激的表示，也没有虚浮的感慨。他更不觉得他在人群中有什么特殊使命。至于烦闷，不满，或对于将来怀抱着了不得的希望的事，我与他相处二十余日，我敢保证他是毫不在乎的。

每教我读德文，哪怕是两个字母的拼音，稍有不确，他必须命我再三地重读。无论如何热的天气，照例午茶后他准在舱中等我。有一天他向我要了几十页的白纸，说是自己带的用尽了，我问他："是写日记么？"

"不是，写点在高丽布教的详情，预备回去作报告。"

我送过他一包由上海冠生园买的早茶饼干，两支由哥仑布买的雪茄烟，他十分欢喜！实在，他或者不觉得，我确以为他在这船上过于寂寞了，除却在神父们的三人小团体中几乎没有人同他谈话。他对于往欧洲去的旅途，与到意大利后怎样往他的本国去，也一样是异常地生疏，有时与我讨论及此。

只有一本是匈牙利人的英法德意四国文合璧的小书，作为我习德文的课本。然而每天一早匈牙利人还得用它教这位小老头。于是我每天得抄录一遍。在船上确乎不是好好用功的所在，但先生教授的热心使我不能不提起精神习读。他有时讲到英德文的异同，颇感兴味，他认为英文拼音最为困难，虽然他看英文报纸并不费事，却不因此减少了他的学习的热心。

"我在高丽很安适，那地方的一切我都熟悉。高丽话自然能讲了，你记得，——二十一年！那时我不过三十多岁呢。世间哪里不是有好人的地方，我曾没觉出这里啊那里啊有何分别。我只是走过香港，没工夫到中国看看。……"

"很希望你由德国再回东方时到中国走走"，我说。

"我也盼望，但不是容易的事。一定得再回高丽，用不到一个年头。我有在教会中的职务；限于时间，地方，到中国虽然很近，却不容易！"

我曾诚恳地大致说过教会在中国的情形，与一般人对于天主教的态度。他听了却也相信。他明白传布宗教的人不全是如理想中可靠的信徒，他更明白教会职业化的弊病。因为相谈的时间久了，他渐渐明了中国何以是非宗教国家的由来。

对于佛教他似乎知道的不多，很高兴地找我解释给他听。可惜我也是门外汉，只能将粗枝大叶的我的佛教观告诉他，他觉得很有兴趣。对于德国的文学他赞同哥德的伟大作品，——《浮士德》。至于谈及叔本华，或尼采的哲学，他有点茫然了。这两个哲学家的名字对他比较生疏，这并不奇怪，因为他不是研究思想的人，也无暇去读他们的著作。

三个人住的房间中在洗脸台的木架上有两支细

长的白烛，不知从哪里来的？大约在每日定时的祈祷准得燃着。本来最初耶稣所创的宗教并没有什么神怪之论，与繁琐的迷信仪式。他不过是一个极穷的木工之子，富于人道的理想，借其充实的人格往来各地宣布教义，少有神秘的色彩。及至他在十字上殉难以后，他的门徒们却把他神化了。于是种种异说，种种奇迹，毫无根据地宣传出来。于是神庙，祭坛，祈祷，因果，关于近乎原始宗教的仪式都扮演起来。什么"耶稣不死，耶稣复活，"以流血为禳解，以舍身为殉教，种种提倡都有了。而最重要者则为祭坛。有此而琐碎的礼节，仪式，职分，都随之俱生。燃白烛以祈求光明，以烛光为火之表示，直到现在，凡是天主教堂行祷礼时无不燃此熊熊烛光。这是所谓僧侣，所谓神父们必须遵守的礼典。与佛教徒对于佛陀以香花献礼是相似的宗教仪式。

以为在二十世纪，两万吨通行欧亚的大邮船上居然有燃两支白烛作祈祷时的点缀品便觉得奇异么？其实在欧洲各大城市里，虽然看街面上与人家的设备全然是科学的功能，飞机在空中载客，无线电台传播着迅速的消息，大工厂中有种种征服物质缩短时间的机械，办公室中利用着隔了海洋便能谈心的话机，然而那些大礼拜堂中却仍然有披着法衣高声诵经的僧侣，与诚恳的听众。而若干支白烛在森严阴沉的祭坛上照出幽幽的亮光。人间自原始以来便是充满了矛盾的现象，到所谓科学昌明的现代仍复如此，不过是只有程度上的差别而已。

我每每见到这位德国的小老头，无论是在餐厅或吸烟室中与甲板上面，便想到他在数十年中把他的精神耗费于拉丁文的修习，《圣经》的记读，解释与讲说上，而与他常常为伴的却只是几支白烛的明光！人生，自然因为各个人的环境与命运——就说是命运吧——的造就，逼迫，走到各自认为没法逃避的某种生活的方式之中，一天一天地打熬着，便由习惯而成自然，由服从而认为是必要的规律。拘束于自己的狭小的笼中，自找慰安，自说真理，这正是人类的苦痛吧？然而这种种不同的苦痛的束缚有多少人能很容易解脱开？

然而，无论如何，这位纯实笃敬的德国神父，我每逢同他说话，总不期然而然地对他有点佩服！无关于宗教，更无关于什么理想，至少他是实在"干什么像什么"的人。行所无事的信实态度，与平静欢喜的人生观。他自有他自己的理解；虽然这理解不是一把锋利无比的宝刀，可以任凭你在何处用，用在什么东西什么时间上不会缺折，我与宗教的信仰隔离得太远，与一般讲神的信士们尤少关系，然而在这同等舱的旅客中间，他却是很引起我的兴味的一个。

一样是职业的宗教者，那意大利教士，我对他很泛泛。至于孤僻的匈牙利人则使我有情愿"远之"的感想。

　　一个热心的传道者，一个宗教的隐士，他难以了然于现代复杂的生活与毒狠的人心？因为他把他的一生沉没于教义之中，努力自制，行其所信，反而将当前的世界看得过于简单了。

　　然而他有一颗简单而忠实的心，这是我能够保证的。

　　同一的职业，却没有同一的性格与心情，同一的信仰也会有种种差别。

　　这不是人间的多面相么？

失业者之歌

　　不要为他们的炫耀的城市外表蒙蔽了你的观察，更不要只看见那些丰富，整齐的装扮而忘记了在绅士，淑女，商贾，流氓……脚下有另一样的人群。建筑的伟大，音乐的铿锵，漂亮衣服的男女，华缛奢靡的大旅馆，如长蛇阵的汽车群，性的挑拨的影片，剧场，俱乐部，大公司……更高尚的尤其令每个旅客所赞赏的是艺术品：古代的王宫，罗马式与哥特式的礼拜堂，美丽的雕刻，丰富的绘画。

总之，那些说是表示着文化生活的一切东西，有一种分享的魔力向你诱引。因为它们使你感官快慰。使你心血活跃，也使你觉得清高，伟大，骄傲。

然而一个深思的旅客除去看见那些物质生活的表面，与艺术的真赏之外，他可以将历史的前页反转来读读么？

不看历史，他可以分点时间将现代的人群生活的各方面想一想？

八月初旬的一天是礼拜六，因早被友人约定到午后去看在雷近特公园（亦即摄政公园）开演的《仲夏夜之梦》。先与Ｓ君乘公共汽车往伦敦市政厅的教育处定购教育照片，Ｓ君是久在教育界服务的，他想将伦敦小学校中作业，上课，演剧的照片买几十份回国去作为资料，约我同去办理。

及至这件事情办妥之后，已快近十二点了。离开这所伟大的建筑物，沿泰姆士河南岸走。十分晴暖的天气，种种车辆由桥上经过，满载着游人与从各公司下班的男女。时间不早了，我们来不及在河边散步，浏览风景。由威士敏司德的地道站乘车到雷近特公园站，乘客比平常的日子加多。他们很兴奋的由工作的地方下工归来，或者携带什物预备出游，或是往电影院去挨号购票。松弛了六天工作的劳困，无论如何，礼拜六的下午他们总得好好安排着去寻找享受。我们出了地道站，找到了一个小馆子吃了一顿午餐，便往公园中去。因为小馆子隔公园极近，走起来不过十分钟，我同 S 君缓缓地拐过街角。忽然来了一位穿粗蓝衬衫的中年男子向我手里塞进一张印刷物，标题是：

Written by an

UNEMPLOYED

EX-SERVICEMAN.

以下是两个 Pages 的诗歌。我明白了，从袋里掏出了几个便士送他。一声谢谢，他又抱了那一叠的印刷物往别处去。他是个高个儿，瘦子，红脸皮，胡根不短，旧皮靴，青粗呢裤满带着伦敦街上的尘土。

正横过汽车奔驰的大街，不能细看这告白中的意思。走到公园的沙道上，我才得粗略地把这篇动人的诗歌看完。

"Today our hearts are full of woe，our heads are bent in shame."这两句沉痛的诉语是多么有力量，多么动人！

这完全是一个失业者求助的哀歌。然而他们都是欧战中捍卫他们国家的壮士。幸而不曾暴骨疆场，从炮弹，刺刀之下挣扎出生命，直待到大家停战得回故国。现在呢？他们失业了！素以繁盛之邦自诩的"大英帝国"，竟没有这一般当年拼命为祖国争光荣的中年人吃饭的地方，——其实他们是要求工作。

事过境迁，那个四年又四分之一的恶劣，残酷，人类用他们的智力与体力互相屠杀的战争完结了，死者，伤者，疾病者，合计起来是一个可惊的巨数。然而在人类扮演惨剧之中，被引动，驱迫，以伤以死的男女，试问是社会中哪一层人居多？另有人则借用国家的威权，控制着社会的力量，财富，以种种方法鼓舞那些青年去拼命，争光，又发给他一张无期兑现的支票：什么更新的社会制度，改善的经济状况……尤其重要的是失业者之消灭。

然而事过境迁了！政客们口头上的恩惠随了私人利益，党派垄断以俱尽。人人以战后新时代相望的，也都失望而去。由于加紧的商品竞争与企业者的私图，遂至经济制度日趋紊乱，而一般人民的生活愈加困苦。……到现在，高度的军备扩张与互相猜忌的国际形势，正在预备第二次世界大战的爆发。

各国失业者日渐加多，他们经过欧战的教训与当前的困苦，更感到弱者的悲哀。

不是么？伦敦，巴黎，罗马，柏林，那些或觉得如地上天堂的大都市中，流浪的无食者，乞人，残废无依者，只要你不是终天倚在汽车里，或常常闭藏于图书室中，你住的日子略多几天，你就会从那一层的人民身上，从他们的目光，找到这些虚张声势，"血脉偾兴"地所谓"列强"的病原。

在伦敦的中等街道上常常有面容憔悴，蓬发粗手的工人来往徘徊，或是顺街疾走。到处想找点小机会可以弄到这一天买面包的便士。我遇到的不止一次了，他们搭讪着同你说话，给你引路，末后要讨几个。其实比起那些站在小饭馆门外手托火柴等着舍施的乞人尤为难过！因为这些徘徊或疾走的失业者，有很好的体力，也有工作的经验与技能，他们还不肯作一个社会上的废人，向人前求乞，也不同残废者只望着别人可怜的同情，然而他们拿什么吃饭呢？

他们有筋力，有技能，有历练的头脑与两手，却不能凭空去拿面包。

为了这张呼诉的诗歌，我想起了种种的事。

沿着平铺的沙道向前走，两旁的长木椅上有些心情闲适的男女带着小孩在那里享受八月中的阳光。青年的恋爱者用潇洒的步法挽臂并行，交谈着他们的密语。草地上有几个十多岁的学生打球。转过一边，往演剧场去的人特别多，虽是平均得花四五个先令买一个位子，而且还是露天演唱，得借重呢帽遮蔽日光，然而人特别多，尤其是妇女，本来莎士比亚的大名擒住英国人的心。他们认为到公园中看看这些情节变幻怪有趣的男女争情的名剧，是高尚娱乐之一。妇女们带着廉价本的莎翁剧本，平静温和地去赏鉴司考脱小姐去的荄米亚（Hermia）与艾温思先生去的莱散呆（Lysander）。过去的贵族社会的梦幻，恋爱的游戏，插诨闹笑的松散趣味。……也许有些真诚来看戏的人，在心中充满了对人物的同情，与叹赏那伟大剧作家的"意匠"。

就像这露天剧场的老板自己的告白："……听众由于时间的限制只能看到最可爱的大树，灌木，与露天的布景；而在戏剧的本身以及艺员们的扮演上，听众便重返于过去的形式，恰像在伊里莎白的时代中的式样，只有一次便可牢牢记在心上了。"是啊，就是这点引动力，使许多男女来看看伊里莎白时代的人生。而莎翁笔下的伊里莎白时代的人生可有好多王子，爵爷，公主，侠士，仆人，小丑……与他们的高贵，骄纵，爱娇，滑稽，悲哀与欢乐。……

又一样的时过境迁！过去的生活，过去的趣味，过去的教训与风俗，遇到历史的压力都成粉碎，只能在扮演中去寻找鉴赏。——自然，伟大的作品过时仍然有其价值，但无论如何说，时代是变了，——而多数来此观剧者又只是为的娱乐。

这不是明白的对照！街头，巷尾无业人借着沉痛的文字向行人哀诉，而绿树荫下正扮演着过去的有趣的喜剧，以博那些快乐男女的赞赏。

二十年前说是为爱你们的祖国在战场上作血腥的沐浴，活该！是国民的义务！但二十年后的今日，城市的奢华，绿酒，红灯，管弦，酒肉，以及什么制度，法律，种种的束缚，经济，政治，种种的窘迫与谲诈，有什么呢？残废受伤的老人脱帽乞食；流离失所的壮士，连找事情吃饭也不易办到。是呀！他们控制着物质的发展，他们也懂得用精密的科学方法处理社会的事务，他们更以最高度的文化互相期许。

然而现实的暴露是有力的铁证，那一段悲凉的诗歌比起报纸上长篇的记载尤易令读者为之激动。

那是一九一四的八月间，

我们的土地在恐怖中被掠夺了，这最大的
恐怖曾经看见，

那完全是想不到的，我们都惊慌着跳起，

才知道老英国与残暴的日耳曼人发生了
战事。

"英格兰的防护！"这叫喊声起了每个忠实
的男子，

我们回复了她的命令，——保护她被人
侵凌，

去为正义，自由，公理的原故战争，

我们集合起，围绕着"联合章旗"；反抗
日耳曼人的暴力。

我们的母亲，妻，爱人，向我们说了她们最后的再会。

送我们到辽远的地方，去战胜或者战死。

悲痛塞满了她们的心，眼中满含着悲伤泪，

祈求全能的上帝保佑我们在未来的日子。

舍却了我们的幸福，离开了我们的和平家室，

与我们的十分相爱的朋友越波涛而远逝。

抛开了合适的职业我们的国家得要防御，

凭着我们心中的希望与勇气去战到残酷的末日。

是啊，我们忍受着痛苦经过那么长久与不幸的时光，

在你们的国家中保你们平安，我们再干得
一个样。

当终了时我们全是些英雄，可是如今战事
过去了，

为"我们曾为人效力过"我们乃排门
求望。

假使明天战事爆发你们要说："这里是你
的枪支，

回去为我们流出你的血，直到获得胜利"；

"噢！你们干吗这么自私？这时候把每天
的面包给我们呀，

或在我们的热血流出之前那种种情形已能
允许。"

我们可怜的老母，姊妹与妻怎么样呢，

为她们的自由与生活把我们舍往战场？

现在她们在困苦中她们的心意痛伤，

全靠着我们这些生物才能免却饥荒。

假使还为你们作战保你们平安与稳固，

你们安卧于羽毛床中我们却躺在土地，

沿血染的前线枪子与炸弹把我们包围——

战潮过了你们能助我们去挡住这等冲击？

现在焦急充满了我们的心我们在耻辱里低

下了头颅，

躺在水沟中什么没了只有一个名字；

在铺道上画出种种画图，也磨碎了机体，

从同情的善心中去求一个尊敬的便士。

小孩子怎么样呢——他们瘪着肚皮能够

受苦？

你们能以衣食相助——他们的爹爹被人杀戮？

你们真不能反对我们"按照教律"

我们恳求些必需的援助。

对你们的雇主说一句——给点事情我们能做的！

向前伸伸你们帮助的手——种种位置现在很少有，

把一切的寄生虫驱逐去他们一丝毫都不在意；

当我们——这些英雄拼命时他们在平安里藏起。

我们的恩给金已经用了——我们能倚赖什么呢？

记住这一句古语："于今补救还不算太迟"；

　　给一点小小的但要常给——你们可得到相当的报偿，

　　愿你们有福了，我们要恭谢天主。

　　别的心太狠或是自私，把你们的心现在开放吧；

　　快快作冤苦喊声的答复，帮助一个失路的游子；

　　解救了我们的不幸，如今巨炮的吼声已息，

　　救世主他将引导你们往他的平和的天室。

　　这一首粗壮的诗歌不能算是激烈的抗争，而是哀鸣的求乞。

"给我们以能干的工作"，"女人，孩子，都等着我们吃饭"。这类话之外还得加上宗教上的祷祝。如同"老爷，太太做做好事有你们的好处呀"意思一样。

不必说根据什么道理以鸣不平。只是饿极了申诉前功以求后效！……然而一般正在想尝尝梦幻般的伊里莎白时代生活趣味的男女，有多少人会被这种粗纸印刷品的申诉诗感动？

又是一个对照，用精纸彩色印的女伶们的脸蛋与奇异服饰的剧中人物的大本子，那不是标明六个便士的定价吗？封面上有一行大字：

"露天剧场纪念品。"

每个顾客从年轻的"女招待"手里买来一份。

厨子的学校

　　你们以为这个题目太新奇吗？是的，我也觉得如此。我们知道在中国的女子学校里有烹饪一门功课，无非是照例的公事。做饭还要值得费精神去学吗？不必说男子是有诸多事情要干的，即是女子也认为这等学为"贤妻良母"的课程多无聊！况且人而学到做饭，洗菜，下厨房，仿佛是人生最没出息的事了。虽然古有易牙以调味知名，那不过是齐侯的弄臣，至今只有司务师傅们去祭拜他奉为祖师，在所谓士大夫们的口中借他的大名掉掉文而已。

然而伦敦却居然有厨子学校，而且布置得十分堂皇。它的校长还特为招待客人尝试学生们的割肉，调味的手段，不但不视为贱役，并且要学法文、学物理化学等等课程，好造成现代的西方式的易牙。

题目是我起的，其实他们这所学校总名为威司敏司德专门技术学院，内分艺术科，土木工学与构造工学科，瓦斯工学科，建筑科（包含测量估价等），另一部分便是旅馆饭店的专科学校了。各部分暂时不能一一详述，单选这最别致而比较少见的一部，把他们的学科，实习的种种情形写在下面。

据其校长郎博士（Dr. Long）讲，在伦敦这样的学校还不多。为什么他们特为设此班次？并不是专为吃好菜，更不是为的好玩，他们的校长开始有这样的话：

现在的疑问，一年比一年难于答复的是："我们怎样给我们的孩子们想法子。"竞争变为过度的尖锐化，在许多职业中可以达到成功者是要有手艺的最高级，并且得经过科学的训练。所以明达的父母们在为他们的孩子们决定一种事业以前，须加意想想在职业的一切道路上有可能性的。

为的易于谋利职业，又为使烹饪科学化，他们创办了这个学校。自然在这里没有什么人生观，什么主义，理想，什么争斗的理论。这所学院，其目的原为使各个学生俱受过某种专科的教育，出外容易谋生。学烹饪的技术也是为解决生计。

他们的教务长，——一个卷腮胡，红脸孔，大肚子的先生，——领着我们到课堂中去细看。这真是有趣味的功课，鲜嫩的番茄，豆荚，黄瓜，与诸种菜蔬如何切，如何叠，如何调味；生鱼一条条地在木板上，挑刺，去鳞；怎样做成种种吃法的小点心，卷皮，加油，包馅；甜食的花样更多；各种水果变成清汁；牛乳，糖，香料如何调制。分开部分，各自按时间去办。你们不要以为那是很容易的事，真讲究起来也颇费手。譬如中国菜不是分许多种类与许多地方的做法式样吗？

生火是分烧瓦斯与煤炭两部，许多穿白衣，戴白高帽的青年在熊熊的炉火旁边烧饭，若不是有人说明，想不到这是在一所学校里面。

当我们看到做甜食的一部，有个学生只是用手指将馅子动了一下，这位教务长立刻予以纠正。虽是小事，可见他们的认真。

每个学生每学期交学费二镑，一年三学期共六镑。这个数目，在国内等于大学生的一年的学费，然而比起来在英国的中等学校中算是缴费很轻的了。至于正式大学生，一年的学费都是几十镑呢。

学生入学的年纪以十四五岁为标准，但稍大者亦可。其掌厨部的课目：烹饪实习十七点，烹饪理论四点，英文五点，算术三点，法文五点，物理实验两点（皆每周的数目）。从礼拜一到礼拜五早九点至下午五点半，除去午饭的一小时外，皆有功课。

第二部是饭店训练班，两年毕业。学生年龄的限制与掌厨班一样。功课是侍务实习十二点，食单理论五点，烹饪两点，英文与商业地理三点，会计两点，簿记两点，法文三点，西班牙与德文两点半，物理实验两点半（每礼拜的数目）。上课时间与第一部同。

这学校中的两部分俱尽力用现代的设备，有冷藏室，肉类室，两个厨房与面类发酵室，食物室与用具储藏库，体操场与学生食堂，还有洗浴室，与分类的各库，有公共食堂，是预备全学院中的职教员，学生与外来人吃饭用的。第一年级的学生即以此为实习地。

除却正式学生之外，还有专为成年妇女们设的日班，授以烹饪的相当知识，可任家庭中的此项事务。另有旅馆掌厨班，全在下午两点到五点半，每学期收费一镑。学生卒业后持有学校证书易于谋到相宜的职业。

夜班是为成年男女补习烹饪而设的，每晚六点到八点。十二个礼拜作一学期。所授课程学生可随意选习，三学期卒业。

连正班学生合算在内，入校不须笔试，但须先经校长审查合格许可后方能入校。

有人看到此处，当然要说，这不是奴隶养成所吗？那么，我们也可开办黄包车夫训练班，倒垃圾的实习所了。这不明明是教导孩子去服侍人？讲什么人类平等与打破阶级观念！——是的，我起初也这样想；厨子不过做菜还可以说得过去，至于训练好好的小孩子怎样送盘，推杯。要酒，要菜，西方人之无聊，会享清福，资本势力下的花样实在够瞧。但又一想每个人在社会中若不能自己勤劳，一切织布，做鞋，哪样事不需别人帮忙？横竖无论什么样的人必须互助，在社会中方能站得住。自然，吃饭要人伺候与人类平等的观念似是说不过去，然而如果一天达不到人类的真正平等，社会上如何能够立时废除这种畸形的制度？

西洋对于这类职业并不认为都是贱役。自然，他们在社会上的地位不及官吏，大学教授，新闻记者，律师，医生，然而这在多难的人类社会中向哪里去找，去抢，去用许多金钱弄到那些好地位？他们认为出劳力与手艺谋生，是凭自己的天赋力量与技能找职业，并非是专门给阔人们寻开心，当奴隶。"作工"，这个意义恰等于国内时髦名词叫做"工作"，绝不是"小人者役于人"的解释。谈到这里，我有点附带说明，就当我与友人下了公共汽车往这所学院去的时候，路不熟，向街头的一位老工人问路。承他好意领导了我们一程。道中他对我们说："现在是失业了。"很牢骚，同时他从衣袋中将工人救济会发给他的维持生活费的凭单给我们看，并且指着其中的印花说：每礼拜可持此支几个先令，不过他的希望并不在此。因为一天无工可作，收入是当然少了；这么闲着力气，支维持费，他更不高兴，这是如何不同的观念！如在国内怕不是如此吧？又类如理发匠，中国向来是认为不是高等的职业，然而在英伦——不止此处——却认为是比较好的职业。饭馆侍者就名义上事实上讲自然是替别人服务的，不过他们却不以为是没出息，奴隶的职业。现在还没有社会组织的根本改革，西方东方都一样还是有不平等的人类生活。如果说凡是这类的事情完全不要，我们要有我们的最高理想的社会制度，对呀，但那只是思想家或革命家去倡导去实行，如果一时办不到，而一般人还是得想法子吃饭，这就不能说为一般人谋一时的生计是绝对要不得的事。何况我们就事论事，他们——西方人眼光中的大司务与侍者并不与国内的达官，贵人，少爷们的看法相同。

不必过于跑野马了，社会制度是一个大问题，而生计困难也是现代没曾好好解决的大事，我绝不想去替守旧的英国人作辩护，更不希望中国也来创办这样的学校，——我们需要的技术学校多呢，数上二十样也数不到这两种！

我只是说他们的实在情形而已。

再回到本题。

所有一切应用的材料全由校中供给，学生须自备衣服，与厨房中各人用的小器具。午饭三器，学生吃一顿只付铜板三枚，这在伦敦是不可能的贱值。如在外面，三个铜板只可买两个面包而已，物

理实习他们以为是重要课目之一，学生须自备抽水

筒，实习用的衣服。

学校中有游泳池与游戏场，平日专供学生用

的，夏天游客去者亦可借用。

清洁与秩序都令人十分赞美。类如冷藏室，洗

濯室，化验室，无不俱备。其物理实习室的外面玻

璃橱中罗列着许多小瓶，内里分类盛着厨房用的材

料：如胡椒，芥末，面类，香料等，以备学生辨识

与化验，其教室（专指教理论课目的）也与各大学

的教室一样，并不寒伧。

自然这等学校是资本主义国家的产物，然而中

国倒还没有完全走上英国资本主义的阶级，而贵贱

贫富的观念在社会中比英国的社会也许还利害点。

不见"大人"们的颐指气使，"小人"们的奴颜婢

膝，"万般皆下品，惟有读书高"，"满朝朱紫贵，

尽是读书人"。这些士大夫的观念至今还弥漫于一

般人的心中（英国贵贱的阶级观念自有其历史的政治的背景，不能说是资本主义的作祟。不过贫富悬殊，及于一般人的生计问题，这是从十九世纪以来日趋严重的实情）。

我们天天吵着要平等，要自由，这模糊难于解答的名词使人人憧憬，想望，而现社会的情况却一天天与之相反。就阶级观念一端而言，我敢确说中国社会比英国社会还重些。

看过这个学院的一部分之后，使我想到英国人处处科学化的精神，一方又想着这苦难的人类社会，失业易而谋业难，未来的改革究竟要走哪一条大道？

我没有这点希望，希望中国也摹仿人家办此等迂阔可笑（就中国说）的学校，然而要用物质建设救中国，却需要专门的技术人材。只有高深技术的理论家谈理析思是不成的；治水，造房，修路，制造种种物品，有科学的脑筋，熟练的手艺，方能措置裕如。中国人长于空想，短于实验，是的，我也是这样的人群中的一个。但无论如何，将来的中国变到哪一步，这等人才的需要却是事实。现代，机器与人生简直是分不开，无论你是如何不高兴它，事实摆在眼前，哪能容你不管。所以科学化，科学的精神与科学的设备，在学校中，尤为重要。——自然我们还不需要这样做饭的学校。

这所学校的制度如何另是一端，单讲其设备与办法，所谓科学化，实可当之无愧。做一种小点心要从材料上作化学的试验，用瓦斯炉须研究物理的功能，从小事做起，从细处用思，不怕麻烦，不以为不足道，正与中国人好大喜功，清谈阔步的态度相反。

这是参观过这所特别学校的一点感想，下一次我另有一个题目，是《工人与建筑师》。

工人与建筑师

到了北克来翰姆的汽车站，与东勃勒司顿火车站，这所学校很容易找到。看那个铁栅门并不堂皇伟大，里面可包括了将近一百个课堂与实习的厂子，占了好大的面积。

你如果不到课堂中去，那么你会觉得到了一所完全的大建筑工厂。石工，铁工，木工，塑造工，砖工，各种机械与各种材料，满屋满地堆积起来，机轮的飞转，电火的闪耀，无论是教师与学生，都穿工人的衣服，手指上沾有各样的色彩，脸上的汗时时下滴，而他们却兴高采烈地去做各人应做的工作。

这便是伦敦市政府创办了三十年的建筑学校，School of Building。

一个人的生活过于平板，便容易感到枯燥无味。学校是社会生活之一，在其中的全是青年人，如果只是刻板式的教导功课，即使教员怎样热心善诱，而学生除去记忆冥想外少有活动的余地，他们活泼的精力绝不是几本书本可以范围得住的，这样易生出种种弊端，而同时也减少了他们工作的效率。常见我们的中学生不是被功课累得头痛，眼昏，便是终日如跑野马似的"张脉偾兴"，把应学习的知识丢在一边，自去寻青年兴趣的满足。"过犹不及"是中国一切事最普遍的情形，在学校中尤甚。

这所伦敦市立的建筑学校不必论其设备与课程之完善，即就工作与知识打成一片这一点上看，已可使人赞美。

建筑学校在一九〇四年间开办。现在已成为规模很大的专门学校了。内分初中班，高中班，与夜班的构造工程学班，钢筋混凝土班。现有学生二千余人。其学校基本组织有董事会，有顾问会（专为学校考试而设）。市政府的教育委员会的正副主席俱为该校董事。校长之下有营造科的教务长，建筑学校的教务长，木作工艺科的教务长。其教员则分属以下各部：营造部与测量部；营造技术部；卫生科学与工程学部；构造工程学与钢筋混凝土部；建筑学与艺术部。

他们分类很详，譬如营造与建筑学，技术与艺术，都有各别的意义与其目的。

该校创办之目的在训练青年人，使有建筑师，测量师，构造工程师，钢筋混凝土工程师，与卫生工程师之资格。对于成人则授以各种工程大意，使易于就营造实业的各种职业。

初中部招收十三至十四岁的学童，限制颇严，如过此年龄请求入校，须经校长特为许可。第一年并不分科，其课程为英文——语法，文学，作文——实业与社会史，经济地理，算术与营造推算，几何，科学（实验机器，物理化学，与营造材料技术的特别参考），营造的结构（与工厂实习），建筑学与营造史。

初中第二三年除去继续学习一年级原有功课外，还分为两个主要部分：

（一）技术课程，分为砖匠，木匠，石匠，画工与装饰工，塑工，铅匠，与切木机工的各种规定。

（二）预备愿到建筑师，营造师，构造工程师，测量师等的事务所中去作事的普通训练的课程。

学生打算将来愿就哪种事，须先自决定。学技术课程须多费时间往选定的技术工厂中实习，学普通课程的学生须在各种职业中受相当训练，建筑学的绘画与地面测量亦包括在内。

上课时间，每天上午九点半到十二点半，下午两点到五点。

住伦敦市的学生一学期付学费一镑半，一年四镑半。

对学生无故缺课限制甚严，一天以外的缺课，第二天即予以警告。

高中部则课程较深，更专门化，预备学生由此出身可有建筑师，测量师等等的资格。因为近代建筑日有进步，有种种新材料的利用，如果青年人要从这种学科里求得职业，非有完全的研究与实地经验不为功，所以他们的高中学生要学习普通营造学的专科，与实习营造工厂的行政法，营造技术的原理与实习。诸种课目有相当的研究后，方有作建筑师测量师的可能。

学生年龄以满十六岁，有相当的第一级学校试验标准者方可。

学生在这三年中很不容易度过，说是高中，比起我们的专门土木工程学校，程度上也许高出。

高中三年的基本课程如下表。

第一年

会计与簿记。建筑学的绘画（包括自由画与装饰画）。建筑与营造史。营造结构学。营造科学（物理与化学）。营造科学（机器）。营造几何学。地面测量（应用算术与野外工作）。算术。工厂授业。

第二年　本年各种课程学生可依其选择职业之标准选修。

会记与簿记（营造师用的）。建筑学的绘画与图案（建筑师用的）。建筑学史。营造结构学。营造科学（材料）。营造科学（机器）。营造几何学。地面测量。算术。透视学。结构图案的原理。定量测量。钢筋混凝土。结构图案与精细绘图。工厂授业。

第三年　学生由下列课程选修。

建筑画与精细图（建筑师用）。营造师的估价（费用与分析）。营造结构学。营造的准备组织与管理。营造规则。营造科学（算术）。营造科学（机器）。营造几何学。增气法与换气法。算术。透视学。定量测量（详密计算与估价）。钢筋混凝土（图案与结构）。卫生工程学。结构图案与精细绘图（钢骨）。工厂授业。

上课时间与初中部同。

学费是全年十五镑，每学期五镑。

每个学生于早上上课十分钟以前必须到校，准备这一天工作的各种事。因为在这所学校中不止是拿一本书入课堂便算完事。

以上将初高中的课程叙述得较为详细，因这里全是知识的训练，故学科要一一列出，方能使我们知道他们怎样养成建筑上的实用人才。

我随着他们的一位主任先到两部的课堂去看，每位教师都很乐意地将学生的成绩拿出来。但可惜我这门外汉对于营造图画与机械绘图一点不懂，看见人家的精密比例的线条，填色，投影等等制作品，只有瞠目而已。不但是结构上的绘画，其更精密的部分将什么式的屋子的内形，完全画出，如墙壁的色彩，布置的条理，窗子是什么样，穿门是什么样，十分精细。如中国的青绿山水画似的使人一目了然。有几个课堂全在学几何，算术，可见他们对于建筑的基本科学的重视。

各个小工厂很多，有修铅管的，修铁器的，锯木的，一概利用机器。大块木头，很粗糙的平面，放在磨光的机器中一分钟便旋成光滑。接铅管则利用电力，学生着围裙，带皮手套，在铅管上细看电火的烧度。他们一面劳力，一面用心，汗珠满脸，却不感疲乏。最有趣的是塑形工厂，将近代建筑的种种装饰品，如柱头，窗上，墙角等的石灰石膏质的有各种花样的模型都分类用模子造出，加以修正。许多立体建筑的小型，如高而直的窗子，圆的墙壁，如玩具似的排列在大木案上。教师是满手泥污，与学生共同工作。还有专作练习叠砖的房子，全是初中一年级的学生，如同泥瓦匠一样，拿了斫刀，涂上泥灰，将砖头一一叠成若干式样。石工的一部则将石头用化学的方法变上各种明丽的色彩，这并非是容易的事。

校中有几个木棚，天花板，石壁，与许多木

器，全由学生造成。

学生不是用手工作，便是用脑思索，没有时间白消费。而且有各别兴趣引诱着，也自然闲不住。

总之，这里的体力与心力的劳动合一，工人与建筑师也看不出一点分别。

除工厂与课堂外有图书馆，化验室，休息室等，应有尽有。一切材料全由校中供给。学生在高中时各依其兴趣择课修习，除学费外一概不另交费。

没有过二十岁的青年，然而他们比起我们来是已经尝试到实在科学的兴趣，与获得有用的知识。他们能熟练地转运各种机器，他们能分析建筑上的各种材料的性质，他们有适用的数理的练习，与理化的实验，——他们能了解物质与人生的重要关系，他们的脑与手能为人类造出安适的居室，而合乎科学的精神与卫生的方法。

我们谈文化，谈科学的方法，却只能"袖手旁观"，岂不惭愧！

我们的青年读死书，记些历史上的陈旧事，以及什么什么的人生，主义，脑子中装满了名词，却少有人作科学上的实地工作，比较起来，我们不还是在那老圈子中实行科举式的教育，与新八股的课程？

（此校亦有夜班与各种奖学金的办法，兹不详记。）

荷兰鸿爪

夜　车

　　在柏林若干日的勾留，使我从这都会的表面上略略晓得 NAZI 的威势与德国人民的情形。这里的熟人不少，尤其高兴的是与我的侄子参令朝夕相见。他在柏林大学快两年了，柏林的街道较熟，引导我参观，游玩代作翻译。恰好在暑假中，所以他的工夫还多。然而我为时间所限，虽可享受登记马克的便宜，也不得不整装他去。

由英法去的几位学生差不多每天晚上在中国的饭馆里遇得到，机会凑巧，我与同住伦敦的杨君都想取道荷兰渡海回英，于是我们便结成旅伴了。

九月底的某一个晚上，同参令，杨君，还有来送行的几位友人，一位德国女士在夏劳吞堡车站上候车，很清冷，没有多少人，远远浮听着市中的嘈音，我们在徘徊时谈着祖国的近况，朋友的行踪，异邦偶遇，各奔前途，当此清秋之夕各人都有难以言说的感怀，离思中更添上一层怅惘！

九点，车到了，我与杨君提了简便行李上车，与大家握手相别。轰隆声动已离此"血脉偾兴"，歌舞，叫嚣的大都市而去。

德国的二等车已很讲究，那一个房间中恰巧只有三人，我与杨君同坐一长榻。对面只有一位五十多岁的胖子，短胡子，红脸膛，金表链，凸肚皮，有点气派，一定是资产阶级中的人物。他起初坐在那里端端正正地吸雪茄烟。我们谁也不理谁，但幸而有我在车站上新买来的一份伦敦《泰晤士报》，却成为与对面旅客的介绍者。

"你们从英国来的么？"胖子打着英国话问。

"是的，但我们在柏林已经住过些日子了。"我说。

"报，我瞧瞧。"他的话毫不客气。

报拿在手中，刚刚翻开，他立刻丢在绒榻上，将右手往衣袋里一揣，摇摇头。

"怎么说？他们的报不是说我们，——德国人在柏林街道上天天预备战争，训练青年要作第二次大战么？"

"嗯"，我还没有说，杨君谈然地回答他："有是有的，报上的通信这么说，不过……"

胖子把夹雪茄的手指从口上拖下来，扣着桌面愤愤地道：

"你们在德国曾看见过这等情形？"

"没有，——即使是真我们也看不出来，——不过你的意见如何，对于英国人？"

杨君一本正经地，如同新闻记者的质问。

"哈哈，你提英国人！"他马上把笑容敛住。红红的粗皮脸上罩了一层霜。

"英国人狡狯得很，他们净挑剔我们的不是，却看不见自己。你知道，德国自从大战后筋疲力尽，弄到现在好容易立起来了，英国人却不高兴。面子上和平，心里辣，危言耸听，使世界都觉得惊恐！……哼，无用，我们德国人做事正直，光明，有那一天便干那一天的！……"

他用拳头重重地把半开的报纸捶了一下，表示他的愤慨。

如此一来我们这两个中国人却觉得不好说什么

了。无疑，他是一个党人，年纪不小了，劲头真足。无论如何，我想这比中国人的从容礼让在围城中讲《老子》的态度或许高明？也许他太褊狭了，可有哪一个国家在这个世界上把气度放得宽大些呢？

谈话另换了题目，我们才晓得他是柏林一个影剧院的经理，因事要往哥本哈根去的。

夜半，这位愤慨的商人下了车，报纸仍摊在榻上，仿佛铅字印痕上都有冷眼睛，净瞧着好动气的德国人怎么办。

亚姆司特丹之初旅

大清早我们从坐梦中醒来车已到了荷兰的名城亚姆司特丹，雇辆汽车听凭汽车夫去找一个旅馆。及至把人与行李运到，方知是规模较大的一个地方，住一天连早餐在内约计合中洋七元余，好在我们皆不能久住便暂止于此。

　　旅馆中十分清闲，虽然是五层楼的建筑，然客厅，食堂，与他们的办事处都轻易见不到旅客的踪迹，门前车马冷落，足见生意不佳。

　　亚姆司特丹是荷兰的重要口岸之一，在十三世纪初不过是一狭小渔村，还有一座小堡垒为阿姆司泰耳（Amstel）的贵族所居，至十三世纪末年遂成为繁盛市镇。一四八二年，因此地被 Gulderlanders 人的攻袭，便尽力支持增加防御，其结果把亚姆司特丹的近郊毁坏，在港口焚烧了一些船只。经此一役后又变成商业重地。当一五七八年属于联合省之一，繁荣日进，然在一六〇二年时，因瘟疫流行死去六万人。一六五三年荷兰与英国战争，人民又伤亡不少，而亚姆司特丹人的活动力大见减削，中经法兰西大革命与荷兰被法国统治贸易衰退。直至一八一五年才能逐渐兴盛，经他们的努力经营，竟有现在的规模。

亚姆司特丹在地理上乃 zuyder 海的一个海湾①，原名为 Amstelredamme，周围约有十哩。现计全城人口七十六万，建筑物多倚河背水，全城成半月形。河道之多不下于威尼市②，但交通方面不纯靠船只，这与威尼市迥不相同。威尼市除了自行车（也极少）外可说是"车无用武之地"，而亚姆司特丹汽车飞过河桥，驰行广道，也与他处一样，究竟街道宽阔，而且拱桥少平桥多。从古香古色上比较，自然处处不能与威尼市并论，不过生动，繁盛，足以证明她是一个近代工商业的重镇。

街上的行人，忙得很，一头一脸的往前赶的神

---

① 荷兰的西北两面为北海所围绕，南与比利时，东与德国分界。采代尔海是北海冲入荷兰北面的总名。亚姆司特丹港湾深入，可泊巨轮，所以成为荷兰商业的总出入口。

② 亚姆司特丹有北方威尼市之称。

气，男女都举动迅速，言谈爽快。这里，自行车差不多人人有，人人善骑，一辆随一辆在街道上驰逐，是欧洲别的都会所没有的光景。

全城中极正直的街道很少很少，打开地图一看。一圈半环形，又一圈半环形，层层相绕，几条主要的道都是河流。两岸的房屋整齐明丽，门外树荫掩翳，与高高的窗台上的盆花相映。墙以纯白色者居多，由居室内可以俯看下面的绿波——河水的清柔，明澈，如果船不经过时，岸上倒影浸在水底是永远画不出的一幅画图。荷兰人爱洁净，齐整的好习惯随处可见，在建筑与道路上更容易显得出他们爱美的观念。

在欧洲，不缺乏古代的雄伟建筑，不缺乏规模浩大的城市设计，更不缺乏匆忙争斗而遗忘了自然美的现代的人生。但能调剂于两者中间，以物质建设的努力加以人工的艺术的布置，利用自然的现成东西去慰乐人生，据我所知，瑞士与荷兰都能够格。他们不放弃了生活的竞争，却使一般人民真懂得如何利用，如何厚生，把自然美与物质建设调和在一起，瞧不出有何显然的裂痕，这便是他们的聪明。但这样聪明与地理的环境有很大关系。

　　类如威尼市、佛劳伦司诸古代或中古的名城，你在那里游览，玩赏，无形之中它们总易于把你拉回往古的世界中去。那些思想家，艺术家，费尽心血遗留下的痕迹虽然伟大，壮严，生动，漂亮，因为日子太久了，时间多少是含有损失性的。一面是光华璀璨，一面却是幽暗深沉，到后来，还是幽暗深沉一面的心理易于激动人；由往古的幽情往古成就上给人以赞叹，惊奇。这等力量扩大，便容易觉得自我的卑小。而且因为精神在往日的世界中流连，或者藐视了当前。自然，这不是十分肯定的话，可不无些微道理。至少，这等感想的袭夺我曾经有过若干次的经验。所以虽然是摩抚古物，引起美感。总会有往者难追，空余憧憬之思，渐渐地心绪也变为幽沉。如美人对镜，空空怅惜过去的韶颜；如烈士暮年，想到从前沙场卧月血染铁衣的梦景，所剩下的是一缕幽怀，几声微叹。

但亚姆司特丹给我的印象是活泼，生动，整齐，清洁，除掉在博物馆里，绝少怀古念往的想头，恰与佛劳伦司那中古艺术的大城成一反比。街道不完全宽大，而洁净可取，无论老人，青年，骑车或步行的都十分匆忙。这里没有种种形样的灰黑色的古建筑物，也没有石像铜像安置在道路旁边，或水池的中央。蔚蓝的晴空，碧绿的城河，活动健康的青年男女，为生活忙，为事业忙。我想现在亚姆司特丹全城中很少有人把整个的心思搅在什么哲理艺术中去罢？因为在这地方，他们难得有这些逸致，闲思。

这个上午我因要去找几位在此贩卖丝绸花边的同乡①，便带了地图，记清旅馆的所在，慢慢地一个儿去穿街，越巷。

路上最易使我注意的是自行车之多，与他们骑车方法的巧妙。这正如上海的黄包车一样，正当早八九点的时间，并排的，前后追逐的，转弯抹角的，除却路中央的电车汽车外，自行车可以说不少于铺道上的步行人。不过度疾驰，也看不见他们周章躲闪，这么多，却又没听见得时时按叫警铃。进退如意，迟速自主，真够得上是荷兰人最普遍而最有趣的自由运动，看样子什么人都有，官吏，学生，商店伙计，工人，家庭的妇女，他们使用这代步的器具能一样的这么熟练，巧妙，满街都是。由一个陌生的外国旅客看来哪能不感到新奇。

---

① 参看我写的"拉荒"。

从这一件事上我晓得荷兰人的活力与他们的朝气了。

转过几条横街，问过岗警，才在一道窄窄支流的河岸街上找到了门牌。敲门（他们没装门铃）多时，没见有人下来，却从邻户中探出一位中国人，他说：

"找姓魏的么？"

"是，他们不是×省×县人吗？您的贵省？"我即刻急着问他。

这穿得颇整齐的中年人面上现出笑容。

"我住在烟台，到这里快三年了。你刚来这里？"

因为是同乡，话就多了，他要我进去坐坐，但我知道他们生意忙，约定第二天到魏先生寓所时就近同他再谈。

原来在船上遇见的那十一位商人，除掉经理与书记之外，有九位是得天天到各街市与四乡中作负贩生涯。因为资本小不能开设铺面，只是行庄，这便需要人工的推销。

重回旅馆，午饭后坐了游览车出去玩。在各个地方没遇见多少外国来的游客。

王宫与博物馆中的名画

从亚姆司特丹的中央车站为起点，经过一条著名大街——丹麦街，即可直达到这古旧的王宫。欧洲各国家中很少没有伟大王宫这类的建筑物。他们的皇室，贵族，在从前，"家天下"的专制思想与东方的君主的看法一样，直到现在还有将那华丽的建筑物标为都市文化的一种。不过我们走进这一所并不雄伟阔大的王宫中时，觉得荷兰到底是"小国寡民"，而且更看出以朴素见称的民族特性。虽以若干年君王的力量，其实这富有历史性的王宫是不能与巴黎柏林的皇宫相比的。王宫建筑于一六四八年，原是市厅，备人民聚会休息之用。至包拿帕提时才改为王宫。现在空闲着，变成游览的名所。房子的构造颇为奇特，据说下面有一万三千多根木桩支持着上面的建筑，木桩下在地下的深度约七十英尺。自然那时还没有钢骨的发明，但为什么他们不深打地基而用这许多木桩呢？我想，荷兰地面低下①，海平面比地面高，恐怕土质松动所以用这样费力的方法使能持久。这是我自己的猜测，不知是否合乎事实？

从门口与外形上看，不过是一所略宽大些的三层楼，并没有特别的装饰，更显不出什么威严。但

---

① 荷兰全国仅有一处小地方高出海面一千六百四十英尺，大部分土地不过在海面上二三百英尺高。而亚姆司特丹则完全在海平线下面。

入内观览之后，却感到形式与内容的调谐。楼上有两大间餐室，与宝位室，应接室等。应接室的大厅规模颇大，上覆圆顶，宏敞明丽。四周墙壁全用意大利白色云母石钻成，墙上挂着种种旗帜与战胜纪念品，这都是当年荷兰人与西班牙印度人作战得来的。大厅的中央用许多小铜钉镶成一幅天空的星座详图，颇为别致。光滑的云母石，亮亮的铜钉，再加上面悬垂的若干只用切片玻璃作成吊形灯架，若在夜间明光大放，那地石上的铜星座一定分外耀眼。虽无甚意义却也有趣。由餐室中走过去，一连有几间屋子，木制的地板特别讲究，虽然其他的器具与装饰品都极寻常，用小木块拼镶地板，在精致的大建筑物里也有好多，不过，这几间屋子的地板每一间有一间的式样与色彩。木块有方形，菱形，三角形，长方形的不同，镶砌得是那样细密与工巧，骤然看去如铺了美丽的图案花纹的地毯一样。

花形与鸟形皆有。凡是脚步踏着这木地毯的，上面的花纹一定引起深切的注意。其实，这王宫各屋子中并非金碧辉煌，织锦眩彩，器具陈旧得很，虽有几幅名家佳画，似乎也不易引起游人的兴味，独有这艺术的木地毯反能令人赞美。

到这王宫与往游旧家的厅堂一般，一切表示着陈旧与暗淡，但朴素，厚重，没有多少奢靡华丽的气概。

王宫的最上层有一个高塔，登塔四望，俯视全城，城外的河道郊原，花树丛中的渔村，田舍，尤其是弯弯曲曲的海堤，镶在那些浓绿的牧场旁边，形成天然的屏障。而荷兰特别多的风车，伸着长臂，如看守田地的巨人，一个个矗立着。我不禁想，这真是从画面上看到的荷兰风景。

其次是里解克斯博物馆，由王宫去并不甚远。博物馆近处是市立剧院。里解克司博物馆伟大雄壮，是荷兰著名的建筑。①

　　不止是以建筑著名的，她保存了许多十七世纪的荷兰绘画，在全世界中没有其他地方比在这里能够看到这么多的荷兰画。荷兰，这低下的国家在世界绘画史上她有永久的辉光，不是一味热情祈求理想的现实与尊崇灵感的意大利画，也不是以严重雄伟见长的日耳曼画。她有她特殊的地理环境，晴朗而多变化的天空，大海，飞雪，阴郁的田野，到处灌注的河流，牧歌的沉醉与风车的静响，杂花如带围绕着的农屯，牧舍，杨柳垂拂的沟渠，不沉郁也不粗犷，不狂热也不冷酷，就在这样天时与地利中造成他们独有的艺术性。荷兰的肖像画与风景画掺在各国的画廊里，如果是一个有研究的鉴赏者不用看下列的名字，从用色，取光，神采与趣味上一望

――――――

　　① 里解克司博物馆于一八七七年建筑完成，出自魁帕尔司（Cuypurs）的设计。

便易断定他是荷兰人的作品。

荷兰画自十七世纪以来是以写实的风格，调和着浪漫的情调。尤其是从一千五百九十年到一千六百三十五年，这短短的几十年是荷兰画的黄金时代。若干名家的杰作在此期中完成，类如建司亭（Jan Steen），奥司他达（Ostade），万高因（Van Goyen），普台尔（Potter），魁普（Cuyp），他们奠定了近代荷兰画的基石。

时间与文题不容许我再多叙述他们的画派，现在且来浏览一下这博物馆中的佳品。

要在匆匆地浏览中想多少留下一点点的"烟士披里纯"，不是在平常对画史有点研究的便无从说起。这一下午，我穿过多少房间，目视，手抄，用十分紧张的精神想竭力保存下看后的印象。虽经领导人几次示意要我早点走，但他看我那样对他的祖国的名画用心，末后，他也微笑了。但时过境迁，除掉有几张画的结构，色彩，风味还可约略记得住外，当时以为收纳得很丰富的印象早已模糊不清。

馆中第一层楼各室内所陈列的都是主要的绘画，但地下一层却有古派的与近代的杰作。

有一幅极著名的"夜守"，是雷姆勃兰特（Rembrandt）① 所绘。画幅颇大，有十多英尺高，横宽也差不多，画于一千六百四十二年。凡是知道雷姆勃兰特画之风格的一见此画，尤生印感，而佩服他的画法的高明。即使不研究绘画的游客，看过后也不易忘记。人物与色彩的调和，背景是那样适合于表现，它有一种引入的魔力，使你不肯一览即去。这故事是画的甲必丹般宁枯克的同伴，因为般宁枯克要同他们作庄严的离别，每人给予一百个弗

---

① 雷姆勃兰特（1606—1669），生于莱登。一生穷困潦倒，但绘画上的造就伟大丰富，尤以肖像画著名。

楼仑。① 但在画面上只有十六个人物，雷姆勃兰特完成了这十六个人物的画像，人人的面貌不同，但有一致的调子，表现出情绪的兴奋与态度的紧张。那画上有穿红衣中的火绳枪兵，——那衣服，一种极精细的有层次的差别红色，其他人物多是用灰绿色调子；一位小姑娘冲入这一群中缓和了紧张的空气，还有一位仙人坐在火影之中。雷姆勃兰特原是肖像画的名手，无论什么人物与配景由他手下画出的没有一幅不情状逼真，十分生动。他的画在柏林也保藏着不少。

我对这幅杰作注目了不少的时候，因此也失去浏览那一室内其他绘画的机会。

其次，我要提到的委靡耳（Vermeer）的"牛乳女郎"。这也是名作，但与"夜守"，正是一大一

———————————

① 弗楼仑是一押金币名，一二五二年始铸于佛劳伦司。荷兰的银币也用这个名称。

小的对比。这幅小画挂在墙上并不易惹人注目，高度不过两英尺，狭长。画中人物只有一位正在倾倒牛乳的姑娘。以这幅与"夜守"相比，一繁，一简；一是热烈，一是闲静，一是用强烈而刺激的色彩，一是用平和而柔静的调子。前者正在防备什么危害，执枪待发，兼之壮士将别，心情郁结，如火之待燃，如醉人的高视，如等候烈风暴雨之将来。而"牛乳女郎"呢，不过在清静安恬的境界中，做她每天的照例工作。她的健康，她的面色，她的安然的态度，宽广而丰满的胸部，全体无处不令人感到她是给世间人传达和平的福音。若用通常的术语作概评，无疑的，前一幅是男性美，后一幅是女性美了。这微俯身子倒乳的女郎，周身的曲线尤其是画家分外用力之处，后来有人批评说没有更真的与生存的女子能够有这样的画出的曲线美来。

仅仅举出一大一小的画幅略为记述，其他在这

个博物馆中的静物画，动物画，自成一派，记不了
许多。荷兰乡野的风景：以牛群，酒肆，风车，河
堤，渔帆，灌木丛，阴沉的天空，荡云，枯木的题
材为多。虽然他们的风格手法不一律，但总是富有
这水国民族的特性。在明朗中多变化，安闲中多情
趣，我尤爱他们笔下的牛群与空中的云絮，这绝非
欧洲别国的画家所能达到的境界。尤其是与意大利
画比较起来仿佛一方是憧憬于理想中，对欲望作挣
扎，对生命求充实，有灵的呼声与幻想的飞跃。一
是完全落到现实的世界，一山，一水，一只龙虾，
一条水牛，都要表现出它的生活的动力，自然界的
变化与人物的朴诚都用调谐的色彩，笔触显出本来
的面目。风景画与肖像画是荷兰画家的真本领，至
于空灵的想像与憧憬的幻景却很少从他们的画面上
看到。

　　向各室中转过一个圈子，及至走出来，博物馆

也快关门了，晚风中又跑到几座著名的石桥上眺望一回近黄昏的景色，回到旅馆恰好是晚餐的时候。

这一夜有好多片段的梦景，可记不清是什么颜色在梦里跃动。

起重机之林

第二天。

费了三小时的工夫我与杨君坐在游览船上把亚姆司特丹的海港看过了。

世界中各国家的海港的构造很少有第二个地方可与亚姆司特丹比论的。不是这地方的街道桥梁都比海面低下，所靠以防御洪流氾滥的是堤岸？沿着全城建筑的这伟大工程已经使人惊奇，而他们调节水流的更巧妙的方法是水闸（sluices）。一切船舶从外面来须经过这一道一道的"海关"。我曾亲看见他们的启闭，有若干专管这繁重工作的有训练的工人。船过了这一水闸，马上关闭了，再预备开第二道水闸，许多运河的支流都一例，这样海水方不易有大量的侵入。这真是中国旧式城堡前放吊桥的办法，自己的与救援人马到了，放下吊桥让其通过，即刻又吊上去，叫那些敌人望着没桥的护城河瞪眼。在这点上荷兰人真做得到所谓"靠山吃山靠水吃水"的本事。地方凹下，本来时时有"陆沉"之虞，然而他们反能因此获得许多利益，在这片土地上建立起水国的乐园。

荷兰西北两方全是海岸线，而在偏对西北方如蟹螯似的有两个海岬，外狭，内宽，这里便是所谓Zuider Zee（南海）。南海的沿岸正成一个梅花形，西边一个尖瓣就是亚姆司特丹。如果你细找找它的方向，它的海岸是正对着东方的。

自然，我在游览船上一时难找清船去的方向。

初时狭长后来是宽阔的海面，——这是船由运河开出往大海去时的景象。河岸上的风车，木房子，花圃，牧场中的牛群，渐渐在船后面退去了，所见到的只有海港的单调印象。

说是单调么，详细分析那正有我们许多不熟习的器物。几千万吨的巨轮，数不清的如白叶似的小舟，这还是一般港口的情形，独有靠码头的起重机引起我很大的兴味，在大运河两岸一个个的码头上有多少？从船上一直望去，如编了透漏花纹的，斜俯了长身个的铁玩具，又如千手佛的臂膊在水面上伸着。有的正在工作，远远听见镗鎝的叫声，有的呆立在那里像等候情人。固然它们的安置疏密不同，船走得那么快，过去一小时了，我们还没从起重机的林下穿出。

浮标，小栈桥。铅灰色的仓库，堤岸上与水中的新鲜事物还有好多，我叫不出名目，但这些还不希奇。当船行在起重机林中时，使我发生另一种的愉悦。有人以为人造的东西不美；以为机器的东西只有动的美没有静的美，在那一小时内我可得到了新鲜的经验。你想：九月晴光耀着微黄色的海面，回头看，在小树旁掩映于一团秋之气中的楼台，这里，从远处浮荡过来的市声与近处的铁声，水声，机轮的震响，很调谐地正奏起水国的交响乐，那些两旁工作的巨人有的俯下身子，有的衔了重货向左右旋转，铁链在滑轮上不歇地直叫，也有的静静地对着骄阳表示出它的有力的丰采与正确的姿态，等待着工作的时间到来，忙的，闲的，上下起落的，昂然四顾的，据我看，这正是形与光的匀称与调谐，不但说不到丑恶，也并不减于晓风残月中的杨柳，浅水孤舟旁的芦雁。除此以外，她还使你感叹，使你敬服……其实就是使你明了她们的气量和工作的力与能。

正直地看，斜敧地看，这是一幅新画家的好题材。我不能用几笔把它们描绘下来，可又舍不得这样美的 Scene，便与杨君各摄了几张照片。

我在船上想："欣赏美的东西只是为欣赏而欣赏"，这话靠得住吗？我们晓得情感绝不只由于一种冲动，而由于许多冲动相合起来的综合作用。有人说，外物不全是可使我们投射相等经验的东西都美，更在投射动的经验以外使我们愉快的方是美。是的，一看叫人嫌恶，烦苦，心理上起了不愉快的感应，自然无美之可言。不过，经验是很复杂而难于解释的，因为你知，因为你曾经试过，或者因为你知道某件事物之必然的因果，能断定，能彻底地明了。然而只有经验的投射还不够，对象的本身也要自具一种能使人愉快的本质，所谓形，色，光，参差错乱的有，整齐严肃的也有，或给人以淡荡清幽的想像，或给人以生动勇健的兴感，看见它即时有许多冲动由你的经验中凑来，混成一个，这时容不得你分析，因为早分析过了；容不得你计较，因为愉快尚胜于计较。可以说美是由于欣赏，但不只为欣赏而欣赏，欣赏的薄薄面幕后隐藏着先在的能使你欣赏的因由。

　　本来这些拉杂的寻思是一瞬间的事，当前的光景使我没有余闲对美的欣赏上作一份理想的构思，但过后记下来也可略略述明当时的感受。

　　撇开美的观点不论，就在这起重机林中便可了然于亚姆司特丹城繁盛的由来，更可佩服荷兰人治水的功效。

　　用不到去调查亚姆司特丹一年中货物的出入，只要是一个留心的游客坐了游船从码头上泛大运河到海港的外口看一看，船舶，水上的设备，运河两岸上的繁荣，尤其重要的要对这如林的起重机想想，便知道她之所以成为荷兰名城的由来，这并不是专靠了往古艺术的精灵与历史上的憧憬，她有她的活力。这大运河仿佛一个活动的有关节的水车把滋生田稼的水力从下面吸上来，而一架架的起重机正是水车上的龙骨。

乡人一夕话

晚上连同行的杨君也承那几位同乡的商人约去在一家广东饭馆里晚餐。

午后，我先往他们的寓所去了一趟。

如同上海的单幢房，只是更狭些，楼下没有客堂，进门便是直上去的楼梯。他们在二楼有两间卧室，三层是存放着寄来的货物，也打上几个床铺。二楼的后房是厨房。他们全是自己烹饪，仍然蒸馒头，包饺子，炒青菜，连猪肉都少吃。一切都保存着乡间小买卖的习惯。出门时虽然不能不穿身蹩脚的西装，在卧室，厨房中一切却没一点儿外国味。我在他们的书记兼会计先生的写字桌上看到了毛笔，铜墨盒，红木珠算盘，还有木戳记，银朱印泥，虽然旁边也有荷兰语的会话小本，英文的简要字典，钢笔等，但这八成老式的帐桌想不到竟在亚姆司特丹的城中见到。及至同这几位久别重逢，又是在这异邦中能够说说土话的朋友谈过，我更明白他们的生活。这是我在近一年中未有的快乐。

在欧洲遇到神气活现或沉潜读书的留学生不算什么，遇到伦敦，巴黎中国饭馆中的老板，侍者也很容易，可想不到同船来的中国人独有我一个转弯子从荷兰走，这难得的机会使我与这几位行贩的商人见面。

"王先生，唉！这——这很难得啦。你看，咱一船的中国人不少，上了岸各奔东西，你老，单个儿跑到这儿来……巧，这也有缘！别说……别说，该当咱得见面!"

背部微驼，大嘴，眼角吊吊地，一脸刚气的魏大个（当苏俄革命时在俄罗斯的乡间吃过不少的苦头），话不大连接地这么说，他匆匆走进二楼的卧室，从肩上卸下了一个白布包裹，顺手取过架上的一条毛巾擦着脸上的汗珠。

一会儿，那瘦子王先生，年轻的魏，还有几位都来了，他们异口同声地道：

"夜来听见老板说，王先生从德国来啦！真叫人高兴！真想不到咱得谈谈！这不容易。……"

我与他们无拘束的说些别后的事。那位少年书记摇摇头。

"咳！话说回头，你不是那一晚上眼看着我们上了三等车走了吗？……好！谁知道路上出了岔子。走德国原是我们在香港与公司里商量明白的计划，及至到了德国边境，什么地方来？……忘了。

蹩扭来了，护照，查；车票，查，咱想是没错，不行！通不过，非打退回不可。退不多远，另走往法国去的路。谁晓得那些法国人存什么心呢？没法子，好歹有一位同车往德国去的，你记得罢，那领着一个十五岁孩子的张先生，他从前是到过欧洲的，费他的神，才把话讲通。……"

"糊里糊涂地那晚上到了巴黎。……"

"在小店里（小旅馆的意思）住一夜，多花了几十块，王先生，走路的事倒没法说。"那位诚笃的老板接着说。

他说不清为什么入德国境那样难，只按照简单的老想法"行路难"去解释这不是偶然的现象。

他又同我回到旅馆，约着杨君往广东饭馆。

我们三人全是步行着，因为是礼拜六，街上人比平日多，经过几条小街看见有两家写中国字的理发店，一家茶食店，又往前去，从犹太人聚居的街上走。

　　犹太人的特性住在什么地方都看得出。他们没有国家却有团体，没有政治的形式系属却有种种的组织。在欧洲，凡是他们的民族居留处都有强密的组织力量。做各种买卖，作各种活动，利用他们的才能，凡是他们的脚踏到的地方不但能站得住，而且站得稳，据说，在亚姆司特丹他们的人数不少，自从德国放逐犹太人以来更加多了。经过他们住的地方自然也看出是有点儿寒伧，他们来往的忙碌，像没有闲人，这比起在英法诸国的穷无所归的华侨好得多。但我们尤觉得可耻的，是我们究竟还有这么庞大的国家，为什么眼看着流落外国的几千侨民（单指欧洲说）竟置之度外？

　　饭馆不大，然而设置得很清洁，自然也照例有几幅中国风的字画。经理原是广东的老商人，在这里曾做过十多年的买卖，如今收场了，却开张这所饮食店。

前天遇到的那位烟台先生，还与另一位山东人作陪，连主人共同五位吃了将近中国钱十几元的粤菜，使我颇难为情！他们凭了劳力赚来的钱平常连吃饭穿衣都不肯妄费，却这样招待远来的同乡。

我们在八角玻璃的无明灯下（因为这是天花板下的装饰，原不用点着的），一面吃着花雕，鱿鱼，谈过不少的华侨情形。

"我来了快三年了，明年准得回去看看老家。"

"李先生，你发了财了，回去正好！赶上好时候，荷兰也不是以前的样子了，虽然咱这一行到欧洲来只有向荷兰跑，不是又要加税吗？"

魏老板忧愁地对那位烟台先生说。

"是啊，这行生意……你们二位先生替我们想一想：抛家舍业，老实话，不为挣几个谁犯得上过大洋到这儿来。可是从去年起，他们的购买力渐渐差了，又要加税，所以我们的货物也不敢整批来，大都走邮局，虽然多花费点可不致存货。还有一层，不能开店铺，为的减少花销，笑话，做小贩似乎丢人？其实，先生，你想想咱们凭气力向人家卖货，只要不偷，不盗，也没什么罪过。外交官太不给做主了，难道荷兰货就不到中国去吗？他有关税。中国也有，咱虽然不能干涉人家的加税，干吗不来一个对抗？……"

另一位年轻的陪客叹一口气。

"有一个故事听朋友讲的，如果每个外交官都这样硬气点，咱们也少吃亏。是丹麦罢。上年……那边也有几家的中国小商人，气力都有限，一样是咱这一行的生意。他们忽然要加海关税，找领事去交涉，没效果，说这是与中国早协商妥当的。领事做不了主。大家出钱，请领事给打电到外交部，回电含糊其辞，还不是一样的没办法？……后来，那位领事倒不在意对大家说：咱做不了主，让他们加去。做买卖的只好垂头丧气，能中什么用？但是过了一些日子，忽然说是他们的政府把这件事搁下去，并没实行，详细探听，原来是领事另外的计策。

"真妙！这位领事倒有一手，丹麦有一家大资本的公司，专门向中国运输货物，大概是原料货居多。可是中国虽不行，外交官虽没力量，到中国的出口货总还得按照惯例，有中国领事签字的发货单，才能够装运。一大批货物已装好了，他们公司的办事人照例，将发货单送到领事馆，以为几天内便可签字装运了。哪知这一次竟破了常例，一礼拜，十天，半个月过去了，发货单并没签字。他们去催过几回，这位领事有的话对付，不是公事忙，便是要审查，嘱咐他们稍安勿躁。那公司的办事人摸不清头脑，找经理，经理也觉得奇怪。但这是权柄，外国人可不能使性子。但是世界金融的行市时时变化，各国货物又争着倾销，耽误一天有一天的担心，托人去问，领事并没说有什么原因。那经理究竟乖觉，用了方法，托他们外交界中人与领事馆有来往的，请客，不过宴会中这等事提不出，间接由女主人问领事的夫人。她知道时机到了，便把这事透露了一点点消息，说：'我也不明白我的丈夫为了什么不签字，只是常常听到他谈论国际贸易的不平等待遇，例如前些日子丹麦硬要把中国运来的丝绸，花边加重税的事，使人不平。他不过是一个外交界上的小职官，又做不得主，话大概是这样。……'宴会过后，不多几天，他们原定的加税消息没有了，——取消前说。听说是那个大公司的力量。可是领事馆的发货单也给他们签过字发下去了。"

大家听了很赞美这位领事的机智。用国家的大力量做不到，有的时候却从机智中多给中国的小资本的海外商人挣一口气。无怪魏老板、烟台先生都点头称快。

在这个大城中的华侨听说快近四百人，有一半是常在外国船上作水手的。以浙江、山东、广东的人占多数。山东人在这里做行贩生意有二十多家，广东人却不干这一行，荷兰人对中国人比较宽大，不像别国取缔得那样严。只要有正式的护照，有小资本，那些行贩可以每天背包，提箱，任意到各城与乡间去兜揽买卖，绝不留难。不过因为他们的政府不大在乎，所以"内进开皮"的赌博，卖皮糖纸花的青田小贩也并不少。

久没享受过这样丰富的中国菜了，饭后到街上还有点微醉，沿着河岸回去幸没走错路。

吉慕顿

吉慕顿（Ijmuiden）是亚姆司特丹最大的水闸所在处，坐小汽轮去约计两小时可到。那一天杨君与我先步行着到大运河对面看过几处运河支流的小水闸，又逛了几条河岸旁的街道，在一处树林中的咖啡座上吃过冰淇淋。沿原路回来，在第十二号码头上买票上船，票价很便宜。原来我们计算四点到后看一个钟头，七点可回市内。

这种小汽轮专为游览开的，也载来回有事的客人。有头二等舱位，坐的很少，都愿在船面上浏览两岸的风物。所以船上有两层甲板，上一层的有坐椅，下一层却随意安置了几条长木椅，比较自由。

及至船开行之后，我们方问明这条船晚上不再开回了。到那边便没有第二只游船向回头开，打听别人那边有旅馆可住，否则须趁火车回去亚姆司特丹。我们虽然太大意点儿，刚上船时一心忙着去看这伟大的工程，疏忽了先问一句，不过借此再坐一段火车倒也别致。

因为这全是走的人工河，不像往游海港时一样了。河面不十分宽，有四五丈罢，然而有两岸的坚固堤岸，整洁的房舍，一点不荒净的的农田，看出人工战胜自然的能力，又不缺少临风摇曳的槐，柳，红的紫的野花，偶然飞过去几只水鸟，半空中唱着嘹亮的歌声。渐渐地离开人烟密集的城市，半小时后已到了画中的境界。

在船上我想到长江支流中的小汽轮，虽是另一种的东方景物，可多少有点相仿。记起眼看着那狭窄的江边被水力冲击，黄土岸日渐倾秃。岸上的田地一年年地减少，与这运河上的石堤怎么能比！

天气太可爱了，正是最好的秋日，满野中除掉有些红砖白垩的小房外，全是一片纯绿色。菜圃，牧场触目皆是。田地中的农妇包着花布包头，穿上洁白的围裙，正在工作。黑底黄底间有白花的水牛听着汽笛叫响也静静地啃草不动。风车的长臂轻微转动，像是徘徊草径上的有闲诗人方在构思佳句。

我要了一杯咖啡在船舷的长木椅上慢慢地喝着，微风拂面，水流活活，有说不出的愉快！头尾上有四五个荷兰青年穿了很随便的衣服，像是往郊外旅行。他们从容谈笑，毫无心事，没有在国内所遇到的青年人态度。全船上独有我与杨君两个外国人，而且都从辽远的东方跑来作陌生的旅客，也许这边的华侨多，他们并不觉得诧异。

渐渐经过几个水闸，但都是小规模的木闸，有人专司启闭，船近时闸门缓缓地向两面斜分，却听不见水有多大的声响。

四点后到了工程最伟大的水闸，船没出闸但停下来，用木桥接到堤岸以便旅客上去。

在这时让我先叙一叙亚姆司特丹与海争斗的略史。

原来的南海由外面冲入紧逼亚姆司特丹，如果他们没有堤岸的话还是一片"洪水滔天"，沉入海底。但只是堤岸能防海水侵入，还不能自由调节，有利于水上交通，他们也只好守着能防护海的这片凹地。在这里以生以死，与外间少通往来，贸易更不易发达。南海是亚姆司特丹商业上的生命线，但是后来这个海股愈变愈浅，大船入口发生困难，有许多商船都转道往洛特丹姆（Rotterdam）去了。亚姆司特丹人这才着了慌，于一千八百十九年决定要开运河，直通大洋。六年的工夫开凿了四十六英里，由亚姆司特丹到奴韦底普（Nieuwediep）工程，艰难可以想像，但有了这条水中的通道给荷兰居民以永久的利益。他们不图苟安，从大处着手，足见魄力。不过河道究竟还不够宽，他们想在他们的都城与北海中间有一条更宽阔便利的河道，一千八百七十六年北海运河也开成了。

这一回的工力更大了，据记载上说，连同保护靠近雪令屋村的堤岸费合计在内，花去了三千五百万佛老仑（荷币名，每个约当英币二先令）。这笔庞大的可惊的金钱，有六百万是亚姆司特丹人捐助的，还有一千万由填平土地的出卖上支出，余数则归政府担负。他们有这么巨火的气魄与牺牲，方造成今日的繁盛。从数目上想便可知道这著称全世界的运河是怎样的伟大了。

吉慕顿是大运河出口处的一个很重要的渔村，而运河的最大水闸也在这里。

当我与杨君下了汽轮，沿着石岸走去，不过五六分钟便到了旧水闸。原来运河至此分成两歧，中间相隔有几十丈宽。记得南面是旧闸，北面是新闸，现在巨大的轮船俱走新闸，小汽轮与木船走旧闸。我们走到旧闸的上面，已觉得宏阔了。没有船经过。闸上面有几个工人方在整理物件。想问问这里的情形，无奈英德话都讲不通，走到北端方找到一位老工人，他用英语告诉了我们几句话。

约摸有近二十丈的长度，上面用水泥打成的光道，有轻便铁轨，可作桥梁用。至于下面则全是钢铁的构造。沿着旧闸的北端走去，越过一片草地，往东面，隔不多远便是新闸。新闸的边岸平洁，坚固，完全用水泥，大石砌成。旁有一所专司看守者住的小房，内中装有电力设备。岸上有不少的圆铁桩，桩下通有大力的电流。新闸比旧的既然宽大（这边的河面也宽得多），一切设置全凭机械的应用。铁制的电杆两行分列。闸面横阔将近三丈，完全是钢骨制成，平时可通行人，可走火车，如有船只经过，隔好远，司启闭的工人便开了红色灯光，同时在闸两端阻止行人。我们上去走了一半的路程。听见警铃响，向河道的来路上看，一只大轮在微茫中缓缓开来。于是我们不能到对岸，退回原立的岸上，等待看这大水闸是如何启闭。闸两面的红灯光，明了，小屋子中的电铃叫响，不久那伟大的钢门在桥中心活动了，向两面分开，与对面要出闸的轮船是一样缓缓地作有规律的运动。两扇巨大的铁门向南北分张，那份重量可想。河水被积压得发出沉重的叫声。即时，石岸下骤然添涨了几尺高的水痕。经过五分钟。铁门完全靠到两面，空荡荡的水面，尽容那只五六千吨的巨轮如蜗牛似的冲过去，它走时十分小心，虽然碰不到移开的闸面。

但看守者只二三人，你能不佩服这伟大的电力与机械的构造？

及至再回旧闸，到南面歧道的河岸上，已经是夕阳挂在林梢了，几个小孩子在斜面的又上一层的石坡上跑着玩，我们便问着路人转上去，到了吉慕顿的小车站。

虽然是渔村，但宽大的街道，各种的店铺，也像一个小型的城市。恰好是礼拜天，晚钟在尖顶的礼拜堂中悠扬的响着，暮色苍然由四野逼来，街灯不十分明亮，店铺多已上门，我恐怕误了火车还得等候下一班，急急地走去。但听到钟声与小酒店中的欢笑声，突有一种异方人的感触涌上心头，街心的早落叶子被晚风吹着作凄零的悲鸣，不禁想到中国的古诗句："我行未云远，回顾惨风凉。"以及"前途当几许，未知止泊处！"

不自觉的有这样的感触。当上了火车，看看那些郊游归来的快乐游伴，这时正在"言笑宴宴"，预备回家去过一个适意的星期日之夕。

但像我们这天涯的游子呢？我仰望着车窗外的流星，与下午来时不是一样的心境。

柳岸花村

离开亚姆司特丹最后的那天，从早十时起至午后五时半止，整整在小汽船上，在河岸的小镇上，在那两个著名的渔村中消磨了一日的光阴。

美丽，整洁，幽静，——波光云影中他们的生活，虽时过境迁，回忆起来如在目前。那样风光绝非只在欧洲各大城市中跑来跑去的所能想像得到，可惜自己没有绘画的练习，把那些处处有诗歌趣味的题材画出，单凭一个照相机，总难表现这几个地方的风姿与意态。

由亚姆斯特丹往马尔孔（Marken）与瓦林丹（Volendom）有两种去法：（一）从中央车站乘公共汽车，离开这个北方威尼斯，沿运河岸大道至卜罗克（Broek），至爱丹（Edam），然后乘船往那两个渔村。回路转去芒尼肯丹（Monnikendam）可以游览这个小镇中的西班牙式的教堂。（二）一直雇小汽轮或搭公共汽轮沿运河到上面几处，先看过芒尼肯丹，后由马尔孔，渔村原船归来。以速率论，自然第一种去法快得多，不过如果不是一个时间过于匆忙的旅客还照第二种办法作一回巡游，既然舒畅，又可从容历览运河旁的风景。

卜罗克，爱丹这两处以制乳酪著称，而马尔孔，瓦林丹却是以风俗奇异景物幽雅闻名世界，凡是到过荷兰的旅客，很少有不往这两个小小渔村去的。

那天同杨君早计划妥当，因为我们的旅费不多了（原想经过这海国只住两天，赶快回英。但既然来了不把这几处好地方看看觉得十分可惜！幸而有那几位老乡，萍水相逢，为了满足游览兴致的缘故，我红着面孔向他们借了几镑钱，言明到英即速兑还，承他们慨然应允，我与杨君才得多住了三天。那几位乡人的诚笃与爽快，我永远不会忘记!），不必在船上吃午饭，仿照西洋人的辟克尼克的办法，买了些夹肉面包，软糖，水果，各人在身边带一本小书与照相机，我们便上了定时开行的游览船。

本来这不是一个煤烟浮空，市音哄闹的大工业城市，小汽船走出不到一英里，而秋郊的美丽已迎着游人展开笑脸。沿运河所去的方向，与往吉慕顿正相反对，船离开大运河驶入支流，河身很窄。本来这只游船也不过载重几百吨上下，和由苏州往太湖去的小轮差不多大。傍着河岸走，有时你可以接住岸上垂柳的轻枝。一辆汽车风驰而去，车中人与船上的游客彼此打招呼，相距不过丈多过。这段支流与往大水闸的水道不同，两旁没有好多农田，反而是牧场多。两行碧柳缓缓地摇舞着，虽在初秋还显不出一分的憔悴。倒是与场中绿草，乡村红瓦的屋顶配衬起来，使人感到色彩调谐的愉悦。时时有几只黑羽红嘴的小鸟掠过水面，在柳荫中点来点去，一堆一簇的繁花颤影，一叠一翻的柔波轻泛，在这里是暮春还是残夏呢？

一船中不过十个游客，多半不是荷兰人。有青年夫妇，有须发苍白的老人，像是各有伴侣，低语，缓步，没有大声喧叫，狂歌纵跳的。也许环境使他们自然而然地安顿下烦躁的心思与激切的兴奋，来分享这般安静的生活。不是？登高山峻岭容易使人意兴飙举，高歌长啸，夜行于深林曲径中，就会有一份严肃恐怖的心理，能令精神紧张。但在这样清，这样柔，这样安静的河面上，风轻轻地吹，阳光赖赖地挪动，岸上行人与牧场中的女孩子也一例是缓缓地走，缓缓地抚摸着牛羊。……我与杨君对坐在甲板的木橙子上，除掉"真美！""好看!"的简单口语而外，都不想说什么话。当前风光的映照，我会想起辟克德勒，卡宁克劳司（伦敦的街名）奔忙的人流；想到巴黎的午夜汽车队；想到柏林城内的紧张情形……但眼前却像另浮现出一个童话样的世界。

到十一点，小汽船的第一个停泊处便是卜罗克，上岸游览了一刻多钟。卜罗克的居民有一千八

百人左右，石铺的街道，矮小的楼房，都现出有点古趣。最有名的是一所教堂顶，我们进去看过，自然是乡间的小教堂，然而也有好多年的历史了，彩画玻璃，长窗，据说是出自名手。天花板的雕刻，也很别致。不过没有大都市的教堂那样的辉煌罢了，悬灯亦颇精美，这只是小镇中的教堂，便有这样的古香，古色，比起中国的寺院来足以证明宗教在西方的势力是如何的普遍伟大。而他们对于建筑上的讲究也非东方所能比。

小镇中的屋子以木材建造的居多，形式奇异不像近代的样子。

离开卜罗克到芒尼肯丹。地方比卜罗克大，居民也多，店铺，小饭馆种种俱备，以时间无多，穿过几条街道便重回船上。

爱　丹

荷兰对外贸易，牛肉与乳酪都很重要。因为与英国仅仅一海之隔，英国又是农业不发达的国家，所以这两项出产品销行于英伦三岛的最多。荷兰境内到处是牧场，农村，他们养的牛，羊，肥硕可爱，就是制乳酪的手法也够得上是世界第一。爱丹（Edam）是沿着运河的一个农村，但简明点说，不如用"牧村"两个字还妥当。这地方在过去的日子里原是一个重要的小城，现在因为出产品丰饶仍然很发达。与瓦林丹合计起来，约有八千居民，以乳酪为大宗买卖，赖以维持生活。他们所制乳酪以红色著称，不同别处是黄，白色的。

因为地方太好了，同船的游人在这里耽搁了半个钟头。村中最高的房子不过是二层的木楼，但那些水畔，树林中的小房子，形式安静，明窗四敞，红瓦，白壁，互相掩映在绿荫之下。弯弯曲曲的河流穿过全村。人家的庭院前杂植着娇丽的小花。用卵石铺的人行道上没有浮动的飞尘。木桥可通小河的两岸，隔河为邻。那些农妇与制乳酪的女孩子往往在窗子里与对岸的邻居谈话。小亭子，天然的石凳，把河岸点缀成幽雅的花园。

一群小学生方从学校中跳跃出来，各色的男女孩子的服装，表现出这个自由国家小国民的活泼。他们都是那么整洁，面色红得可爱。偶尔有几个穿旧衣的老人携杖闲步，向我们这一群打量几眼，从容地走入花畦，绝不惊奇。包着彩花包头，系着洁白围裙的少妇在木门口闪一个影子，又进去了，可见她们的忙碌。

这里与伦敦东区的贫民窟，与罗马城外靠近古迹名区又穷又苦的乡村……比较起来。你焉能无天堂地狱之感！风景还是天然的，但荷兰人能以利用，自厚其生。不至如那些野心勃勃的帝国主义的国家把国内的财富全用在军费上面，预备未来的厮杀，同时国内阶层的冲突日甚，贫富悬绝，经济分配的问题无从解决，遂至都会，乡村，一例是在竭力强撑之下，没有更好的方法。类如瑞士，荷兰，丹麦这些小国家能以全力发展工商业，改良农产品；人民失业的不能说没有，却绝不像那几家"列强"的情势严重，人民也可安享点自由的幸福。

如果有闲工夫来爱丹这样乡间住上几个月，那才是人生的一点点并不过分的享受，我走在石子道上望着那一群天真的儿童这么想。

这里没有贵族，富豪，也没有无业的流民与叫化子，人民的穿着，朴素，洁净，他们的面色，丰满，红润，大野中的空气与精神上的舒适调和起来，便将工作，快乐，造成了这个乡村。

找一家乳酪房去参观他们的制造。先将牛乳煮到若干度数，快凝结了，有大木桶盛起来，将酸料加入使之发酵。这是第一层手续。及至牛乳在桶内凝结了，如同豆腐似的，便把水分滤出来，将凝结的乳用一种特制的器压干，调入食盐。这是第二层手续。两层手续完了之后，封置起来，过几个星期就变成可食的乳酪了。做法看似简单，不过发酵的程度加食盐的多少与味道关系颇大。

他们的制乳酪房并没有近代大工业的规模，仍然是保持着手工业者的办法。几间房子，十几个工人，也许是一个家庭的人分工组合，便经营起来。

每家都养着几头牛，或自饮牛乳，或出卖，成了他们各家的主要产业。

像这样的制乳酪房有好多家，他们都很愉快地工作着。进去参观时闻到发酵牛乳的特别气味。

爱丹地方虽小，却有荷兰旧贵族在这里住过的旧寓。一所小小的博物院似的房子，内中满装着各式各样的旧日帆船，预备给大家参观。有一条河道通往海边，河道两旁的房舍尤为奇异，真如小孩子玩具箱一般的玲珑小巧。

船离开卜罗克，河面渐宽，至由爱丹再上船后已渐渐开入海中了。

两个异样的渔村

中国古诗句说"觅得桃源好避秦"，马尔孔，瓦林丹两个小岛如时在数百年前，海上交通纯靠人力，它们又孤悬海中四无依傍，真也可说是"海中桃源"了。

　　全欧洲能保存老习惯与古旧风俗的地方，马尔孔与瓦林丹很可算数。多少年前的男女装扮，多少年前的房子中的陈设，照样不改，一代传一代下来，并且他们也不与外边的荷兰人通婚。网鱼，制陶器，妇女们便打花边，做手工活，经历着悠久的岁月，直到有这么大变化的现代，他们还是"依然故我"，仿佛世界上尽管有何变动与他们毫无关系。固然，他们保守性之强令人惊异，其实地理的环境造成了他们排外的坚决的心理。对于生活没有更高的奢望，对于知识也无所谓有无满足。一出渔舍便是一片溟渤，他们看得见，听得到的完全是自然界中单纯的变化，他们所乞求的也不外肉体与风涛搏斗借以获得生存的养料。因此，他们与岛外人接触的时机不多，而团结本族的根性却愈见发达。从外面看起来，他们与亚姆司特丹的荷兰人不止是服装殊异，就是举动，习惯，也完全不像一个民族。

无论哪个国家的渔民生活都是最艰苦，最贫困的。什么是他们的恒产？帆舟，渔网，能吃苦的身体与忍耐的心力，什么是他们的家？风中，涛上，暗夜重雾的海面。他们一年中总有将近半年的时间作水上生涯。中国沿海地方，如山东，浙江，福建等处的渔户，我们晓得他们一部分的状况，这两个海外渔村也不是例外。

船走出运河即入南海，没有大风，船身不过略略摇动点。海波清碧，时见有翩飞的海鸥。不像海，却像在大湖中泛舟。一堆堆的绿洲，草色，树色与海色互相渲染，互相拂动。往远处看似乎有几座小山，但一会儿却不见了；也许是淡云。经过半小时便到了瓦林丹。

小小的石码头，上去的石阶都破碎了，错落地有十几只渔舟欹在一边。我们这一群刚刚下船，便围上了一群孩子，旁边还有三四个老头，像对我们有所期待。小圆帽，肥裤管，每人的小腿如撑着一个灯笼，上衣是瘦袖，肥腰，腰间有两个大铜扣子（也许有银制的），闪耀得很有趣味。男女都一样穿着木屐，走在石道上橐橐有声。男子的大木烟斗古拙得像中国乡下人的粗旱烟管。

在码头上等待我们的一群原是惯给外国人摄影的。我们这几位游人差不多谁也不肯放过这难得的机会，想摄得几张影片回去，那些孩子们便争着拉拢，希望得一角两角钱的报酬。

街道弯曲不平，多是用碎石砌成。有专售本地制造的儿童玩具的铺子，与粗磁器店，这都是为游客开的。房子几乎完全用木料盖成，有的下面用砖泥作墙，也薄得很。不知他们住在这样房子里怎么防御冬日的海风。

恰好遇见有什么集会，在村子中心的小空场上，有卖零食的，玩具的，小小木台上有木转马，七八个孩子在上面狂叫着飞转。就是那么大小的场子，却挤满了好多男女。妇女的装束尤为特异，瘦袖，长裙，多用深蓝白色，裙幅上层层褶子，与中国旧妇女穿的百幅裙相似，不过她们的是腰细下宽罢了，无论老妇，少女，头发上有一个厚纸制的白花帽，透花，玲珑，在尖顶两旁有遮翼，既然不能御风，也难遮蔽沙土，除却是传统的装饰外无所取意（也有只戴一顶软呢小帽的）。但青年女子们像这样雅静打扮，反显出与地方色彩有调和之致。偶有穿花纹衣服的小姑娘。年纪稍大点的就穿素朴颜色的衣服了。

据说瓦林丹人每年秋间到德国的坎乌拉耳（Kevelaer）作一次巡礼的游行，那是他们一年中的大典，不过以信奉哥特教者为限。

我们在场中旁边逛了一回，将要走了，从正面走过来两位年轻的姑娘，都不过二十几岁。她们的衣服虽然与别人相同，但美丽的面容与健康的体段可说是这渔村中的模范美人。我本想拍两张女子照片，恰好有这两位难遇到的模特儿，便与船上的引导员相商，请她介绍我给她们拍照。他让我自己去说，我走去用摄影机示意，她们大方得很，绝不忸怩地并立着让我拍。

参观过几家住房，都是极小的房间，极低的屋顶，看去不像大人的住室。他们的睡床都在靠墙的大壁橱里，有门开放，分两层的多。这真有趣，日本人家的被褥白天叠在橱里，想不到这里到晚上连大人孩子都塞进去。虽然穷苦，但家家屋内十分清洁，白布或织花的桌衣，挂在木壁上的杯盘，小小瓶花安置得那样妥帖，烧饭的灶房也没有什么臭味。地板多是白木原色，不加髹漆而光洁无尘。像这样屋子的渔村即在西欧已经少见，不要说与中国的一般农家，渔户相比了。

她们很高兴有外国人参观她们的家庭，绝不阻止。女主人又取出她们的用具，她们的绣工——手巾，衣边等给游人观赏。虽然言语不通，从面部的表情上显示出她们的喜悦。

这地方的住户也经营着粗陶业，出品有点与山东博山的粗陶相仿佛，不过式样特别，色彩以蓝色，古铜色的居多，没有都市中瓷器的金彩与变化的花纹。至于仿木鞋形式的粗瓷用具差不多家家都有。

杨君与我且行且谈，我们都觉得这渔村中人爱清洁的习惯与日本人相同，木屐，肥衣自是他们的风尚。但究竟不十分明白男子腰间的白铜大钮扣与妇女们奇怪的纸帽有何意义。

在村子中很少见壮年的男子，也许他们都到海上去了，常在家中的只是妇孺与上年纪的老人。

村中的男女虽然生活上不很丰裕，但面容并不现憔悴，精神亦不似愁烦，他们尚有他们的生活的方法，不过难说从容安闲而已。

由瓦林丹再上船向马尔孔进发，时已正午三点多，日光由偏西方射到船面上，暖煦如在春日。在这里很少看见有什么绿洲了，回望来时的海道，苍茫中除却天光海光远远相接之外什么都清楚。

由此去马尔孔不过二十分钟的船行，这里的码头宽大得多，房也不像瓦林丹那么密集，海边沙滩上照例是闲着的渔船，间或有一条大尾巴的瘦狗在船旁边搜寻食物。夕阳映射着海上奇丽的色彩，偶然看见一片蚌壳似的银光，与幽远，变化的晕蓝色互相闪动。

沿海岸不远有小饭店，专备游客到此久住的木房子。除掉村子里的都用木架支起，算是墙基，以防岸边海水的侵入。斜坡的海岸上生着丛丛的青草，小姑娘们穿着白练麻的长裙，绣花的红围巾，压发的花帽，在草坡上逗着小猫作耍。当我们经过时，她们都站起来拖着猫对我们睁大了眼睛看。

人民的居室与瓦林丹相仿，但房子的构造较好。男女服装殊不相同，女子多留长发，纷披双肩，每人腰际系一条大红织索花的单幅的围巾，不是专为工作方便，却是他们日常的装饰，老妇有的在秃发上打一个包头，多是自己刺绣的。姑娘们戴圆顶绣花小红帽，遮及耳际，金黄色的曲发垂到腰间。

我在村中通两条小街的木桥上立定，托杨君替我拍了一张照片，以作纪念。

木壁上画着简单彩色的绘画，壁橱中的卧床，好陈列瓷器，这与瓦林丹都相同，所差的只是衣服的分别。男子的裤子肥大而短，与瓦林丹男人的裤筒的长度有差，女的则瓦林丹尚朴质，尚青黑色，白色的裙子，马尔孔的女子却穿白衣，或有花点的长服，外加围裙与织绣的小坎肩。

临行时我从一位携筐售小物件的老太婆手里买了一只木鞋形的烟斗，一条她自己绣着小风车花纹的布手绢。

离开这古老的渔村时，日光渐渐淡薄了。水光上轻拖着一片片的霞光，微微感觉清冷。我们上船时几个十多岁的姑娘与两位老太婆直呆看着开驶。那如画的木房子，古装的纯朴男女，别了！在约每个远方的游客难得有重来的机会，他们多从纷扰，绮靡，争斗，幻变的大都市中来此，半日游痕，或可略略清洗他们的胸怀。也许在这孤岛上的男女，瞧着游客们自叹，"有福的人能够到处游览"。但那些游客的心里可不一样。我离此地之后，在甲板上踱来踱去，说不出是感叹还是羡慕，总觉得这又是

一个世界！归途中偶然得了一首旧诗，附记于下：

夕阳幻彩下苍茫，画壁渔家晚饭香。

补网织麻生计苦，灯前谁复话沧桑。

海牙一瞥

在海牙真可说是仅仅一瞥罢了，时间过于匆忙，因原来买的船只联行票不能尽着耽搁，又快到十月初了，杨君与我都急于返英，各人有各人的事情。

就在游渔村的第二天早八点，在亚姆司特丹的车站与魏老板，那年轻的管账先生，另外一位王姓的伙计再三握手之后，我便又走上去海牙的旅途。异国偶逢，这几位乡人待我太好，谁晓得在哪里再遇到？自然，都是中国人，又是同乡，但回国后怕也不易有晤面的机会罢！执业不同，各各度着飘流的生活……相别时我亦为之黯然！

到海牙不过两小时，下车后看街道上很冷静，店铺都关了门，我们才恍然，原来这天是星期日。把简单行李存在车站里，无目的地向街上乱走。

本来是路过此处，也知道虽是荷兰都城，却没有什么可看，但在这一天的时间中我们却去参观过议院，著名的画院，又在什文宁海浴场上留连了几个钟头，直至夜间十点才从车站旁的小饭店中出来，再上火车。

海牙这个都城有她独具的风格与趣味。如果我们用给伦敦，巴黎，维也纳，柏林等大城几个特点的名字比照起来，只可用"幽静"与"和平"四个字形容她。如何会说得上幽静，你一脚踏到了海牙，第一个感觉使你想到这不像大都会，仿佛英法的小城市，没有奇伟高架的建筑，没有纷忙奔走的人流，没有各大城中的嘈音，街道上也没有惹人烦厌的东西，只是平整的楼房，质朴安闲的面孔，有树，有花，有人家房子上的飞鸟。至于和平的表现，从一般人的状态与安静的氛围中，你也容易觉察得出。固然，这里有解决国际诉讼的万国法庭，——和平宫，每年总有许多国际的法学家，名流，到此集会，但那只是表面上的形式，其实这地方绝无欧洲各大城中的斗争，淫靡，纷乱，使人紧张与过度兴奋的情调。

Hague（海牙）这个字有她的来源，说起来颇有趣。当十三世纪时荷兰有一些贵族在距海岸半英里之远的地方建筑起他们的猎舍，有小屋子，有花园，预备他们到海边时游憩。花园用篱笆围住，家家的房子如是，遂成为一小村落。英文的篱笆是Hedge，荷文便是 Hague，海牙得名的由来如此。头一次将海牙这名字给予这片滨海的土地是在一千二百四十二年九月六日。现在荷兰人的习语叫做葛拉温海牙（Gravenhage），至十七世纪渐次兴盛，然而还不过是一个村子，够不上市镇的资格。到路易司包拿帕德（Louis Bonaparte）统治了荷兰，这地方方像一个市镇。

因为原不是一个政治的中心，又不能与荷兰别个大城作商业上的竞争。所以年岁虽久，冷落依然。至荷兰全国的联省共和成立时，执政的将军驻扎海牙，在荷兰史上曾扮演过一些重要的事件，因此海牙也成了要地。由那时起，各国的使臣也来了，遂奠定了这个和平都会的基石。

海牙有四十三万五千余的居民，按人口数，即在中国也只是三等的城市，但人口虽不多，海牙却有不少的古迹，比起亚姆司特丹来，觉得一处是安闲贞静的闺中少妇，一处是精明强干的管家婆；一处是富有古旧的诗趣，一处是现代中善作商战的英雄。

荷兰鸿爪

185

我们步出车站，因为不识路，虽带着一张小小地图也无从查起。但沿着电车线走去。没有多时，经过一条不很宽大而十分清洁的绿树夹立的街道，一个大公馆式的圆穹门，门外有一执枪的守卫。向警察问过，啊！这就是统治荷兰的女王宫。灰白色砖石的三层建筑，既不奇丽，也不雄伟，其外面虽没有丝毫的帝王家的架子，但里边的女主人却是掌握着七百五十万人政治生命的最高权威者。

转过几条街道，临时遇见一位街头的导引人，讲明每一小时的报酬，他领着我与杨君去看他们的议院。

也像巴黎拉佛儿博物院的形式，中间一大广场，四周是古式的楼房，图书馆，画馆，画院各自分占了一所房子，出广场不远就是议院。

入门时另有一位女译员，五十多岁了，她专管替游人说明。上下两院在一个大楼上，座位都少得很，像大学的教室，也许是富豪家的会客大厅？上议院中的陈设较为讲究，软皮雕花木椅，金质玻璃片的花灯，一端有女王的宝座，楼上是旁听席，正中是议长席，有几张红绒台子放着笔墨等用具，女译员指着座位说这一列是属于某党的，那一列是属于某党的，从她的说明中我们知道荷兰也有被选出席的共党的代表。

看样子，他们的国会并不见得十分重要。本是君主国，国内政治也还清明，人民生活上较富裕，又有南洋的殖民地增加了不少的繁荣，所以政治斗争也极其平淡。

我立在这阴黯的屋子时倒有余暇能够欣赏木壁上挂的几幅名画，与在英国议院中参观的感念所差甚远。

海牙有近代艺术的博物院，有市博物院，都来不及往观，只到过海牙最著名的美术院 Maurishuis。此院创始于十六世纪，原是一所博物院，——一千八百二十年时作为皇家博物院，将艺术品与有历史性的东西集合起来藏于此处。现在却单独成为画廊，有关历史的器物已送到亚姆司特丹去了。

房子也一样的古旧，里面上下共有十四间大屋子，完全被绘画充满。想尽力快览，及至出画院时，看看表知道已费去了两小时的时间。

院中的只是荷兰派名画已有五百幅之多，比亚姆司特丹所藏的尤多。荷兰三大画家的作品在此中的都是可贵的奇珍，这三位是雷姆勃兰特（Rembrandt），委密耳（Vermeer Ven Delft）与真司亭（Jan Steen）。他们的每一幅画像有奇怪的引诱力使你不得不在那幅画前面停一会儿。院中的肖像画可谓集荷兰肖像画的大成，在此不及详细叙述了。

从艺术化的屋子中走出，仰看着广场上的飞鸟与秋空中飘动的白云，我暗暗地想："今天并没曾空空度过！"

和平宫在另一段地带，我们问明了道路，谢绝了导引者，还是步行走去。究竟这里不是大城，不到二十分钟便到了。可是铁门紧闭，只可在外面草地上望了，那座巍峨的大房子与石阶前的雕刻，因为星期日不许人参观。

已是午后二时，逛了半天也觉得疲乏，好在和平宫前有石栏可坐，与杨君休息了半个钟头，我便趁着余闲多摄几张照片。

和平宫占地甚广，是美国钢铁大王卡耐基捐金建筑的（三十万美金），一千九百○七年下了基石，至一千九百十三年八月方告完成。其中陈设，听说俱由在和平会议的各国捐赠，中国的东西也有，下层即是国际法庭。可惜我们来的时间不对，没得看看里面是什么情形。但对着在大院中仰首伸臂的和平女神，不禁使人生感！尽管是乞求与希望，但和平的曙光却早被列强间造成的战云遮住，无怪这表示世界和平的大建筑物门前冷落，它只好晒晒阳光罢了。

决计往什文宁海岸吃午餐，又匆匆走出大街。沿道问明电车的号数，在一些有小树的清静行人道上，头一次我们坐上荷兰的电车。

他们的电车管理极有秩序，由前门上，后门下，乘客不能错乱。车中也极见清爽，处处都是表示荷兰人好秩序好整饬的习惯。

车中客人不多。我与杨君跑了半天，这时方觉得有些吃累，借着车上的绒座位却得到好一会儿的休息。

一路多在小树林中穿过，夹道绿荫，从叶丛里露出日光，云影。郊外是一片平原，土地肥沃。到什文宁后才明白我的想像错了，有完整的市街，层楼高立的大旅馆，电影院，精致的咖啡馆，简直是一个华丽丰盛的市镇。星期天游人分外多，比起海牙城内的清闲别有天地；海浴场极为宽大，沿岸有数里长，沙平，海碧。现在虽已过了夏天，来此游玩的并不减少，不过没有在水中洗浴的罢了。沙滩上一簇簇的大布伞，遮蔽着一群群的游伴。有许多大木椅子似的东西，上面有向前探出的白布罩子，也是预备人坐的，可以按时租赁。点缀在沙上，遥望去如一个个张开口的大蚌壳。海岸中间伸入一条工程极伟大的长桥，桥上三条宽道，容得开许多游人。两端都有房屋，尤其是海水上的一端，一个圆殿堂式的大建筑物，里面分开地段售卖食物，饮料。半圆形的石栏围绕着，俯听飞涛澎湃，远看云海幻变，如在夏夜，要一瓶啤酒，一杯冷饮，真是避暑佳地。与杨君在人层中缓步眺览，回望岸上的崇楼，飞阁，气象庄严，而桥上，沙边，人头攒动，正像这天开什么大会一样的热闹。

　　小孩子与女人尤多，他们都很快乐地出来过这个初秋的星期日。回到岸上，遇见几个胖妇，她们头顶的卷发上有一个螺旋形的小纸帽，罩住她们的髻子，式样奇怪，与在瓦林丹所见的又不一样。杨君摇摇头道：

　　"荷兰多怪物！……"

　　找到一家中等饭店，我们缓缓谈着消磨了几十分钟，待到电灯齐明，方随着游人回海牙去。

　　等候十点夜车的开行，没处去，在车站旁的露天咖啡座上坐了多时，正看见一位面容灰黄，衣服不洁的青田小贩，——我们的同胞，向客座边去兜卖糖果。杨君赶快给他两角荷币，他匆匆而去，见了我们并不说什么话，我本想喊住他问问，但他已在街头的暗影中消逝了去。

　　第二天早三点，我们已在英国的船中安然入梦，渡过荷英中间的海峡。

附录一

独木舟

独木舟两头跷尖，冲破浪花漩。

伸一只黑手向毒热的天，——天光在船边
打转，

投两颗锐利的眼，向暗涡射穿，

他的心高悬在银光的一线。

独木舟；沸热的汤，巧妙的双手，

自由的生活抛到身后？

等待着白人，黄人，多少游人嬉逗，

他的心高悬在银光的飞溜。

他愿在森林，湖沼过陈旧的日子，

不一样到处都是压气的呼吸。

猎夫的足迹踏遍了城市蛮方，

刀火下容不得他们随意溜荡。

"做一个码头上的自由奴，——可算过分？

谁教有黑色的光皮，怨天生愚蠢！"

不见阿拉伯的佣工，印度苦力，

还羡慕这些投水人的安适。

绿羽丹嘴鸟闲逗着歌声，金色斜阳返照，

大海里翻滚起惊涛，环绕着点点孤岛。

"自然美"只供给诗人的话料，

还有，——投水舟子的本领轻妙。

轻妙，一个红腮上的笑涡能丢下一份恩惠，

旁立的男人从口袋中学会爱媚。

浅圆笑涡还没得从水面收起，

黑炭身体可又来一次涵浴。

旅　梦

谁能从长行中的旅梦脱逃？

睁开眼睛看这虚伪的丑恶，

纷乱，火灼的生之路上，逍遥？

你能吗？你尽可找密密的脸巾遮住，——

那现实的锐目不容情地在周围冷笑。

疲倦，烦嚣，血泊里的乞求，泪，烈酒，

面包，柔唇上的血滴，勃朗宁，绳绞：

毛发在谷底直竖，听惨夜的枭鸟。

口噤吗？你的血冷压在血管里，你，

巴不得那个角落里有一声"叫晓"。

荒野里，阴风吹动僵死的舞蹈，

磷火团成青花，失了影的昏月，

遮蔽着幽灵在丛莽里尖叫。

城市：淫猥，倾轧，大街上洒遍毒汁；

只要你忍心踏上一步，准你喜跃；

准你遗忘了挣扎时生之苦恼！

滴一杯人血你可痛饮无忧，

一朵恶花准在你胸前发笑；

莫管天上有千万支冷箭穿过冰雹，

这里曾不信会有暴风雨的警告。

旅梦不是一泓浊水中开的"空花"；

恶菌深藏在水底下，培养着清白的萌芽。

一天，浊水变做层叠的波纹，

梦中花，新染上一层水面的绮霞。

虽有无穷梦像永远把人间颠倒，

梦里青花它也欢喜永久的晴明。

当心，烦厌会咬住行脚人的心窍，

叫晓时失掉了你的旅梦的新生！

一九三四年，二月，在印度洋舟中

他也有自己的国土

三月的晴光轻笼住印度洋的风暴，

浸碧地晃漾明涛向游人逗一层媚笑。

孟买湾外从水上升起一线朝阳，

是啊，掠过媚笑脸庞闪露出古国的光耀。

那么无力地波浪吞吐着海畔尖石，

战争，苦斗，血迹，石岸上疲倦了的世纪；

就是一撮柔沙也疲倦得风吹不起，

自由的荣光，留与天空中飞鸥的叹息。

菩提树仍然茂生着它的柔枝；

菩提树下稳卧着赤铜色裸露的肢体；

菩提树前不少伸手乞讨的孩子；

还有，那些哲人尸骨深埋在菩提树底？

"四条大水各方流汇冲入圣河的恒河。

为普度众生在宏大的教化下没有偏颇。

丰盛，忧伤，贪，瞋，都是自己的毁灭。

借重悲与慧双重的力能，人间导修正果。"

他们——往古的哲人在圣树下解脱，

历史翻腾把血痕洒遍了圣树的枝叶。

如今有疲劳饥饿的男，妇，儿童，

在树前忍受着他人的毁灭！

古城中有诡丽，层叠的"窣堵波"，

相映着胜利者的崇楼，杰阁。

欧风寺壁空涂上新光油漆，

是虚伪与奇怪的"东西调和"。

黄的，紫的，淡绿色的披巾——大道上飘拂；

大道旁呻吟着裸奴病体。

忽吹来一阵尖锐的警笛……

缠巾大汉控马在热道上驰逐。

希求地数说着引诱的言词，

布袋里，饥饿毒蛇吐出舌上双岐。

弄一套流浪人的魔术——

游客啊，你应该知道，在这里是古天竺的

圣地？

圣地，向来是血泊的汇流处：

白匈奴的掠夺，撒克司的侵入，

最后是日出入国的商息，大舰与军笛。

圣地的土块上深浸着洗不净的血污。

虽然是从苦行中战退了种种魔军；

虽然有大勇猛的心愿把苦根截断；

虽然要从正觉里解脱了"四谛"业因；

可奈那历史的轮回，幻梦碾碎成尘。

圣地，——在这里有香花珠宝的欢喜与安乐，

圣地，——这里曾有古昔的祈祷，辩理，与信

服的奥秘，

哲人们看透了饿鬼，畜生与永苦的地狱，

他们把人间当做一个烦恼污秽的结体。

磨火铁轮冷冷地压碎了往古的想像，

名论，修行，希望，都消灭在耻辱的身旁。

高原人的战鼓反激出世纪回响，

恒河中也载过多少死尸漂荡。

真啊，无量劫淘不尽他们的"教门"空想：

朝旭初升，石岸上还跪伏，祈禳，

古寺里明燃着不息的油灯，

那灯火象征着冥冥夜一线微光。

西来巨觽夺去了这些褐色人民的收获，

辛勤，叱辱，苦痛，——机械与铁手的拿攫。

抽割尽城市与乡野的血肉，

还你们一个伟大古老的空壳！

磨快了你们的刀锋，轻搁在你们的脖项，

别再提过去，言诠的荣华，——一切"法藏"。

颠倒众生有铁与血的权威，——

风雨早打灭了圣地的灵光。

怜悯与同情许结成果实在千百年后？

不贪，不瞋，还不是现代人所有的感受。

谁能把形体的苦难全打点做精神解脱，

不见，——那些皮鞭下的饿奴，瞠目，低首。

看机轮飞驰过肥沃的原野，

电光在古日的山谷中闪烁。

烟囱矗立替代了华丽的浮屠，

起重机的喧音与钟声答和。

现代的花要结成现实的巨果，

它的养料，还是清静默思，悠闲与淡泊？

热风催长着艳色多刺的玫瑰，

哪里能找到"常乐我净"的莲花朵朵？

祝福吧——向那儿再找回龙象般的伟力；

狮子的吼声，光明普照，——恶业的驱除？

否，——高空中盘旋着待吃人肉的饥鸟，

眼瞧着祭台上有尸体暴露。

可是，那么无力地波浪吞吐着海畔尖石，

自由的荣光，——疲倦了的世纪？

空引起一个远方游客吊古的热情，

向东方……回首凄凉，"他也有自己的国土"。

一九三四年二月

水　城

——纪威尼市之游

南国春阳耀退了清寒料峭，——在清晨，

笼一层淡霭凝结成一个幻梦的缥缈。

圆瓮形，方塔形，尖针形，——水面房顶，

有意装点着外面的庄严与和平默笑。

划一道软痕，绿波缓拥上古老的墙根——

圆，小；

荡一片青苔，黝黑基石在圆波中轻轻耸跳。

刚都拉①长颈前伸着，是柔泛地飘逸，

一声豪唱，舟子喉咙惊起了楼头棲鸟。

---

① 刚都拉乃威尼市的小艇，来源甚古。

"啊！啊！我们的海程完了；我们的海程完了。

啊！啊！幻像中的水城终到；幻像中的水域终到。"

转出码头往夹波的陋巷轻摇，往陋巷的水上轻飘。

听呀，拍拍响声，背后有人点着长篙。——长篙。

哪里来都市的嘈音，或是他们不惯起早？

哪里有汽油的焦味与看得见车马的奔跃？[①]

哪里是高囱口喷发出烧化的浓雾？

只有临水窗上的晨歌，只有桥头的人影俯照。

"太阳不会变了面目，这金光在水底分外明耀。

---

① 威尼市全城皆水道，无一汽车。

人间不曾把现代倒转，是真的还有这古老

情调？

朋友，你喜欢么？我们是从东方古国来的

游人，

今天又怎么喝了陈酒，投入这古诗意的怀抱？"

繁星似的黑点，晴光中上下来回。

绛红石方柱矗立——华表像巨人武威。

方场上跃动着古老精灵，他们的迷劲：

雕镂的耗费，色彩的醉，线与形的交挥，

揭露出沉迷地秘密，洒多少敬崇血泪。

一只鸽子仿佛是标价的灵魂——喂养，爱惠。

一线运河上的阳光也似向人间涤罪。

"来瞧；这大教堂①的合体闪闪地耀晃金晖，

———————————

① 威尼市人呼圣马克礼拜堂之名。

那块小石，那条色线不炫弄着圣马克的灵辉？

还有那五圆顶下有多少东方的奇珍点缀。

是留念那些长征的英雄，保护十字军徽？[①]"

刀剑与信仰，这教条熔铸成世界的兴废。

艺术——是艺术雄伟，血痕涂上美的颜色。

还有雕像在古爵府的门口，不能永保沉默，

画廊底埋藏着当年不幸的冤鬼。

圣马克独立天堂可允许他们忏悔？

红法衣，白烛光，僧侣的朝夕诵美，

地下血狱[②]，圣徒的居邻！可容易导进天国？

古老，奢靡，残暴，雄奇，是名所的一串

浮标，

诡怪的偶像永远被暴君涂上彩绘。

---

① 威尼市加入十字军东征，以其海军的助力打败土耳其人。
② 著名的公爵府中有当年公爵的监狱，往游时导游者述说颇详。

河上的夜睛轻闭，凭清波埋葬了流光，

圣母堂前，石栏边低低地有一声幽唱。

是古艺人的灵魂感到春夜凄凉？

还是水城少女有约趁夜色未央？

星星从暗空的高柱上对飞狮低吻，①

广场边，电灯颤映着狮身威扬。

玲珑，雄秀，如梦楼台都一例穿了玄裳。

一只，两只，——游艇轻掠过睡河中央。

古典夜风吹送着老诗人古日的叹息，

它漾在稳稳地波心失去了青春气力。

说："威尼市是'无限好的夕阳'"；

更像是黄昏从沉静的幽丽。

水一样的平，古物似的斑驳，

这里没有哭，没有呻吟，恚怒。

----

① 圣马克前的小方场上一对圆柱，有一个上面雕刻着飞狮。

淡笼在心头是沉吟地温煦：

一杯黑咖啡；一溜艳黑明眸；

一双在色彩里洗过的枯手，

一船载满了你与我的遥思！

穿行在弯环的水街，

街灯早蒙掩着雾埃。

水底星眼迷瞪着倦意，

不再凝望艺术的灵骸。

我们谁没有吊古的情怀？

谁不曾引起人生的长哀？

近东，地中海喂哺的名城，

当年，战船远征去的站台。

有绿波，柔情，雄歌，与妙手，

够多少诗人梦里徘徊。

百零八小岛上剩下古艺的精灵，

软流中他们都向那些暗影伏拜。

看，钟塔上毛尔族巨人铁躯永在[①]，

亚当与夏娃是人间终古的调谐[②]，

你们真在忏悔原始的罪恶？

你们铁打筋骨也感到疲坏？

可是——血与肉在艺术花架下，

曾经丰养着文化胚胎，也许

古文化有时得停止动态。

而今把生发搏跃让予了，

另一世界？

飘一阵细雨滴入我苍凉的心胸，

茫茫雾，织绡般拖住水上的梦城。

---

① 钟塔建于一四九六年，最上层有铸成的两个毛尔族的巨人用锤敲钟。

② 公爵府的廊上有亚当与夏娃的铜像分立左右，形态生动，乃勒曹（A. Rizzo）的杰作。

回棹去，穿过古宫堂的夜影，

金尖顶上仿佛闪过了一颗寒星。

过去的荣华到底还留下一声叹息，

夜风叫，高高建筑还有他们的傲视。

我们不能轻蔑这古国的雄姿，

她的脉搏在大运河上时时进力。

奔马，飞狮，一样是威尼市的表征，

她所有的不止是水梦中的柔情。

歌与笑，沉静与狂暴，还有艺术飞跃，

他们还能自由呼吸着浪浪的海风。

回棹去，向东方遥望从来的故国。

这里，夜星在清波下映着眼光沉睡。

全世界快烧起火灾，火里狂醉，

照影清波愧对这占城的静美。

街心的舞蹈

一

回旋：疾风的翻转，轻云的流连。

花裙下兜不起一撮尘土，

流浪生命再来一回旋律。

生命的旋律掺合着平原，密林中的

荒凉，勇武，那边，

落日被大河吞没，帐幕上抖直青烟。

二

这里：道中腾涨着沥青油污，汽轮压窒了
气息，

在挣扎中谁曾记起故国的荣华？

暗夜，星光反映着火把，一团青花。

小山上掉梦的牧羊人吹起铜笛——

是中世纪的回音？

是古战士的叱咤？

当前，只见蛇行的街车冲过漾漾雾雨。

三

献与自然，喜悦在舞蹈里倾泻，

清晰的梦影：那火光，山林，原野。

现在学步在昏黄的十字街头，

一个便士，从人人脸上赢出笑喝！

四

生活永远是一个风暴中的浮沤，

谁能在升沉中拴得住时间的铁手？

朋友，你不要信命运能粘住你的身世，

铁手却不曾掏空了你的气力。

五

你要问问古国的山岭与峡谷；

你要问问大野星光，芦苇，叫响的树。

没曾在旷放里把记忆丢失，——

天涯去，永远有流浪时的欢喜。

六

吉卜西，流浪群，旋风似地身姿，

一根花羽，一把短剑，挥摇着过去的诗意。

来，再加一套泼剌有力的转舞。你想：

（抖一身艺人的骄傲，会看轻冷眼下的颤栗）？

一九三四年十一月，伦敦

雪莱墓上

东风吹逗着柔草的红心，

西风湮没了夜惊的尖唱。

春与秋催送多少时光，

他忘不了清波与银辉的荡漾。

墙外，金字塔尖顶搭住斜阳。①

墙里，长春藤蔓枝静静地生长。

一片飞花懒吻着轻蝶的垂翅，

花粉，蘸几点青痕霉化在基石苔上。

安排一个热情诗人的幻境：远寺钟声；

小窗下少女织梦；绿芜上玫瑰娇红；

野外杉松低吹着凄情的笙簧；

黄昏后，筛落的月影曳动轻轻。

"心中心"②，安眠后当不曾感到落寞。

一位叛逆的少年他早等待在那个角落。③

左右有老朋友永久的居室，

---

① 距雪莱埋骨的坟园不远，有一砖砌的金字塔式的建筑物，乃纪元前罗马将军赛养司提亚司（Cestius）的大坟。

② 雪莱墓石上第一行字的刻字。

③ 英诗人克次亦埋于此坟园中，他比雪莱早死一年。

在生命里，那个心与诗人的合成一颗。①

"对于他没曾有一点点的损伤，

忍受着大海的变化，从此更丰饶，奇异。"②

墓石上永留的诗句耐人寻思，

墓石下的幽魂也应分有一声合意的叹息？

诗的热情燃烧着人间一切。

教义的铁箍，自由的锁链，

欲的假面，黑暗中的魔法，

是少年都应分在健步下的踏践。

他们听见了你的名字，（自由）的光荣地欢乐。

正在清晨新生的明辉上，

超出了地面的群山，

---

① 雪莱墓左侧是雪莱友人楚劳耐（E. J. Trelawny）的墓，他在一八八一年死于英国。他的墓石上刻着——不要让他们的骨头分开，因为在生命中他们的两颗心合而为一。

② 雪莱墓上刻着莎士比亚戏剧《风暴》中的成语。

从一个个的峰尖跳过。[①]

"不为将来恐怖，也不为过去悲苦"，

　　是笑着有"当前"的挣扎。

　　拿得住时间中变化的光华，

趁气力撒一把金彩地飞雨。

美丽，庄严，强力，这里有活跃的人生！

　　一串明珠找不出缺陷，污点，

　　在窟洞里也能照穿黑暗，

人生！——逃出窟洞，才可见一天晴明。

爱与智慧，双双蹑逐着诗人的身影，

　　挣脱了生活枷锁；热望着过去光荣。

---

① 略取雪莱诗的语意。

是思想争斗的前锋，曾不回头

把被热血洗过的标枪投在沙中。

"水在飞流，冰雹掷击，

电光闪耀，雪浪跳舞——

　　　离开吧！

旋风怒吼，雷声虢虢，

森林摇动，寺钟响起——

　　　离开前来吧！"

"去吧；离开了你，我的祖国。

那里，到处是吃人者奏着凯歌，

我们一时撕不开伪善的网罗，

过海去，任凭着生命的漂泊。"

"南方——碧滟滟远通的海波曾经

因战斗血染过的山，河。古城里

阳光温丽，——阳光下开放着

争自由的芬芳花萼。"

生命，他明白那终是一片凋落的秋叶，

可要在秋风舞蹈里，眩耀着

春之鲜丽，夏之绿缛，——不灭的光洁；

才能写出生命永恒的诗节。

司排资亚的水面，一夜间

被悲剧的尾声调换了颜色。①

漩浪依然为自由前进，

碧花泡沫激起了一个美发诗身。

去吧！

---

① 雪莱于一八二二年溺死于司排资亚（Sepzia）。

生命旋律与雄壮的海乐合拍。

去吧！

是哪里晨钟还引着自由的灵魂？

抱一颗沸腾心，还让它埋在故国，

大海，明月，永伴着那一点沸腾的光辉。

我默立在卧碑前一阵怅惘！

看四方一攒树顶拖上一卷苍茫。

没带来一首挽歌，一束花朵，

争自由的精神，永耀着——金色里一团霞光。

墙外，金字塔尖顶搭住斜阳，

墙里，长春藤静静地生长。

守坟园的少女，草径上嘤嘤低唱，

"这是一个没心诗人化骨的荒场。"

一九三四年春在罗马

九月风

九月风，吹醒旅客的热梦，

早窗外还没有扑起大野飞沙。

凄清小驿，——

灯三两点，映耀着黎明的光华。

大教堂尖顶在淡影里露影，

一下晨钟，——

沉响悠扬随和着铁轮鎝镗。

飘一根孤蓬划破鱼肚色的空间，

向晨星旋转去可找到陌上秋家？

太飘零么？——

大道旁沉默不动有孤傲的白桦。

是远，是近，一带长林卷起一层淡雾

雾中人影，——

亮光在刀尖晃动，向上去迎着朝霞。

这古国不是重生了么？

大战前是刀锋下的食瓜。

分割，生活的锁枷，逃亡与憎恨。

他们不曾辜负了"江山如画"。

这古国不是重生了么？

历史上涂销了三分的旧话。

血与泪浇遍了田野，森林，到处生发。

他们在黑海上早找到复明的灯塔。

这古国不是重生了么？

诗人不再在流浪中回念故里桑麻；

更不须提防着巡行的铁蹄蹴踏，

他们手捧起"自由的波浪"散作飞花。

这古国不是重生了么？

北方的鹰敛翼在高峰上筑坚巢，

南方巨蛇还没把饿肠充饱。

这时候她可在苏醒中把黎明掣到。

黄铜号角才叫起悲壮的长音，

天明了，号音飞穿过秋郊，杨林。

露点沾湿了牛乳女郎的花巾，

枪尖旁弯下一个刚健柔和的腰身。

是啊，这是铁轨旁严重边关，

枪尖上都指明国族的猜嫌。

有一天血的浪头再次翻起，

牛乳女郎的脚下堆骨如山。

是兴亡曾没丢开那一套的连环，

解得开这永久的环扣才是人间！

是人间，谁不盼望和平与繁荣？

欧罗巴大野可早已撒满了未来的硝烟。

空空感叹，到处飞流着刀尖火弹，

牢拴住环扣白耽误哲理幽玄。

当前，当前，西风把朝霞吹成一片，

……看当前——哪里是含笑的江山？

九月风，早已翻起了大海飞澜；

九月风，透过旅车的明窗

在北欧边塞上打透我们的衣单，

九月风，你吹动每个游人的

灵魂惊颤。记得啊。——

这里是再生的波兰。

一九三四年秋波兰车中记稿，一九三

六年七月重写

附录二

船行南海中见海燕

呢喃娇啭双飞燕，浩荡能驯万里波。

故国芳郊初翦影，客程远棹乍闻歌。

天涯传语能无感，海外倾情奈尔何！

欲把游踪凭问讯，小园春色日添多。

三月十九夜

繁星玄海荡空明，一线沧溟纪旅程。

海外风云萦客梦，域中烽镝苦苍生。

低吟恐搅蛟龙睡，微感能无儿女情，

独立船头思渺渺，夜深惟见乱云横。

自哥伦布寄

作作流星醮碧罗，海天冥感意如何。

清辉万里人同照，色界三千意不波，

游子此夕思缥缈，飞鸟何处绕枝柯？

把杯对影酬明月，借尔清光伴啸歌。

船行印度洋望月

天南浪迹易思家，览物从知感岁华。

大海圆涵明月影，春风初发故园花。

饮冰难漱中肠热，行远空怀吾愿赊。

欲把离愁付迢遞，彩云飞处即天涯。

经锡兰岛航行三日至孟买城

炎飔日狂吹，浩渺天海阔。

弥望尽碧波，骄阳耀灼灼。

舟行环坤舆，巨浸得一角。

凉燠变气候，南洲炎蒸结。

草木硕且蕃，密林奄绿叶；

天天绮红花，灿丽眼生缬；

殖生鸟兽群，狮虎与蛇鳄。

到处可怜虫，面黧复体裸，

各自全其生，一例为奴孽。

彩巾蔽头颅，片布缠丝络，

和答鴂以舌音，妇孺恣笑乐。

不见有主人，崇楼施丹膜，

颐指千万夫，威权炙手热？

昔年盛荆榛，土民诚浑噩，

开国自何年，广衢陈百货；

峨峨巨舶来，疆土随开扩，

增富有多方，驭众持橐籥。

咻尔卑贱民，从兹欣有托！

裨史"下西洋"，前代事如昨。

煌煌锡兰岛。佛迹今落寞；

龙象泣何从，空山无留偈，

瞻拜古丛林，荒秽神明亵。

披衫沥血僧，但知索钱帛，

法像徒庄严，世法历圆缺，

比量如露电，留此香火劫！

城中飚轮驰，广厦竞烟博，

主人饮醇醴，遗尔以糟粕。

怅念古文明，微光无余曝，

孰谓思往情，茫昧如可诘！

但见诸少年，日学鹦鹉舌，

骄纵空尔为，健悦忘束缚。

行往古印度，云是狮子国：

玄思极天人，造艺何精彻，

千万白佛言，智慧能解脱。

我行巨室中，仰礼诸象觉，

臣武何赫赫，农工守其业，

泐文备图史，前民有功烈。

今惟见疲氓，园林逗鸟雀，

苦工遍海陬，劳劳无休歇，

箪食与陋居，强自忍龌龊，

日日肆纷呶，所求乃微薄。

坐失昔良图，族类自相斫！

佛乘已东航，言文亦卑弱，

河山信美佳，举手他人属。

半日古方游，所历多奇愕，

航行来圣地，惭愧见肤廓。

好鸟歌友声，巨竹抽新箨，

沙上烧炭炭，楼头耀珠箔。

徒令游子悲，遐思将焉著？

别矣孟买城，云天积炎暍。

大海日扬波，或亦有时涸；

木落水澄期，祝尔返营魄。

　　　　一九三四年三月二十八日晚作，二十

九日晨起重录，时在阿得利海上

舟行红海中纪感

沸水载舟凌燠域，时见飞波互腾掷，

航程已迈印度洋，机轮镗塔更西适。

六日火流红海红，巨浪翻白日光熠。

急行昼夜无底滞，鱼鸥潜藏蛟龙泣。

大海浩淼复何有，偶见荒岛蒙沙碛；

金石炎蒸草木焦，天造此土感踟蹰。

亦有蛮貊生食斯，猛禽大兽供宰炙。

百伦异趣孰维纲？温宵月皎星生芒，

舟中男妇恣欢荡，花冠绮裾纷飘扬，

抱躯环走效狐步，美酒狂歌夜未央。

水程尚复求致乐，盘禧已忘风霆撞。

文野未必天生异，以强凌弱"励"侮亡！

航海自过巨灵峡，简兵搜逋偏遐荒，

蚩蚩贱氓谁怜汝，屠刲縶辱等犬羊。

唯操戈矛成大盗，力能负箧无余藏；

取疾用舒有妙手，尚将文物夸明昌。

无平不陂复不往，以今倒古毋乃诳？

蒸民"孽种"语深怆，难从生事判殃祥；

以种相禅强者强，犹人毋竞天毋相？

但期翕群御侮伐，勿为乌狗徒张皇。

念我独游意索寞，敢言怀宝竟迷邦。

中原俶扰警寇盗，纵横兵马日抢攘；

蛰居忽作奋飞想，蹶起挟策适远方。

所蕲览学有微得，掔讨文物析微茫。

对此忽复动胸臆，感怀丗业意凄伤！

倚舷瞩空云河荡，光摇海野翳苍苍。

一九三四年初春

自日内瓦寄

异乡晓梦觉啼莺，绿树春荫绕水城。

云里雪峰呈幻彩，湖边垂柳系离情。

中原烽火惊传讯，湖上坛坫负旧盟。

独对清波羞照影，空怀飞动负平生。

四月二十七日作

日内瓦湖畔公园

碧草繁英缀地平，密阴罨画淡烟横。

拖蓝水色飞双桨，断白峰云罩一城。

微觉寒轻催雨意，已知春去涩啼莺。

闲行无复羁栖感，如此湖山误客程。

丽芒湖畔寄仲舒

一

王粲春来更远游，风花异国感难寥。

丽芒湖畔潇潇雨，一夜春寒动旅愁。

二

春光难系客行舟，到处垂杨踠地柔。

手抚青条愁日暮，风烟何处是齐州。

自罗马寄

雨丝风片送征途，幽丽山川重感予！

故国清明已过了，路旁桃李笑人无？

飘零异国念清虚，荡桨春尔笑语殊。

今日飚轮风雨里，水都才过又花都。

四月十六日夜中不寐

忽来古国度春宵，客舍尘清乱感饶。

历劫楼台寻旧迹，一灯梦寐激心潮。

碧城消息云中隔，黄海风涛纸上骄。

听罢街头良夜曲，方知万里旅途遥。

雪莱墓上

秃垣环绕露松梢，曲径幽通长碧蒿。

永妥诗魂眠佳地，时来游子奠香醪。

夜莺仍唱西风曲，大梦常浮南国涛。

从对斜阳留怅望，远钟传响暮烟交。

后　记

　　两年前拟将欧游时所见闻用诗歌笔记体裁择要
记述，略留"鸿迹"。至于琐屑纪程，食宿游览，
一般风习，作者已多，故少缀及。回国后人事匆
匆，已写成刊布者不过此数，其他或撮要记于日记
册中，或有题未暇笔录。原备全文完成后付印，自
经战事，无心为此，零稿单篇易致散失，故不计次
序，集为此册。随时掇拾，十无二三，名以"散
记"，盖符其实。附录内新诗若干首虽经载入他集，

而新印颇有增损，旧体诗则俱未发表。旅程纪感，取其方便，过后复视，殊觉无谓；因识前踪，尚不"割爱"，积习如此，大可笑叹！他日心情少佳，或能再记留为续集；然时过境迁，故不易也。

一九三九年春末自记